最強の
悪役が往く
～実力至上主義の一族に転生した俺は、世界最強の剣士へと至る～

「早く契約を始めてくれ。今更、力を求める理由が気に喰わないからなし……とは言わないよな？」
悪役公爵家の末っ子
ルカ・サルバトーレ
（五歳）

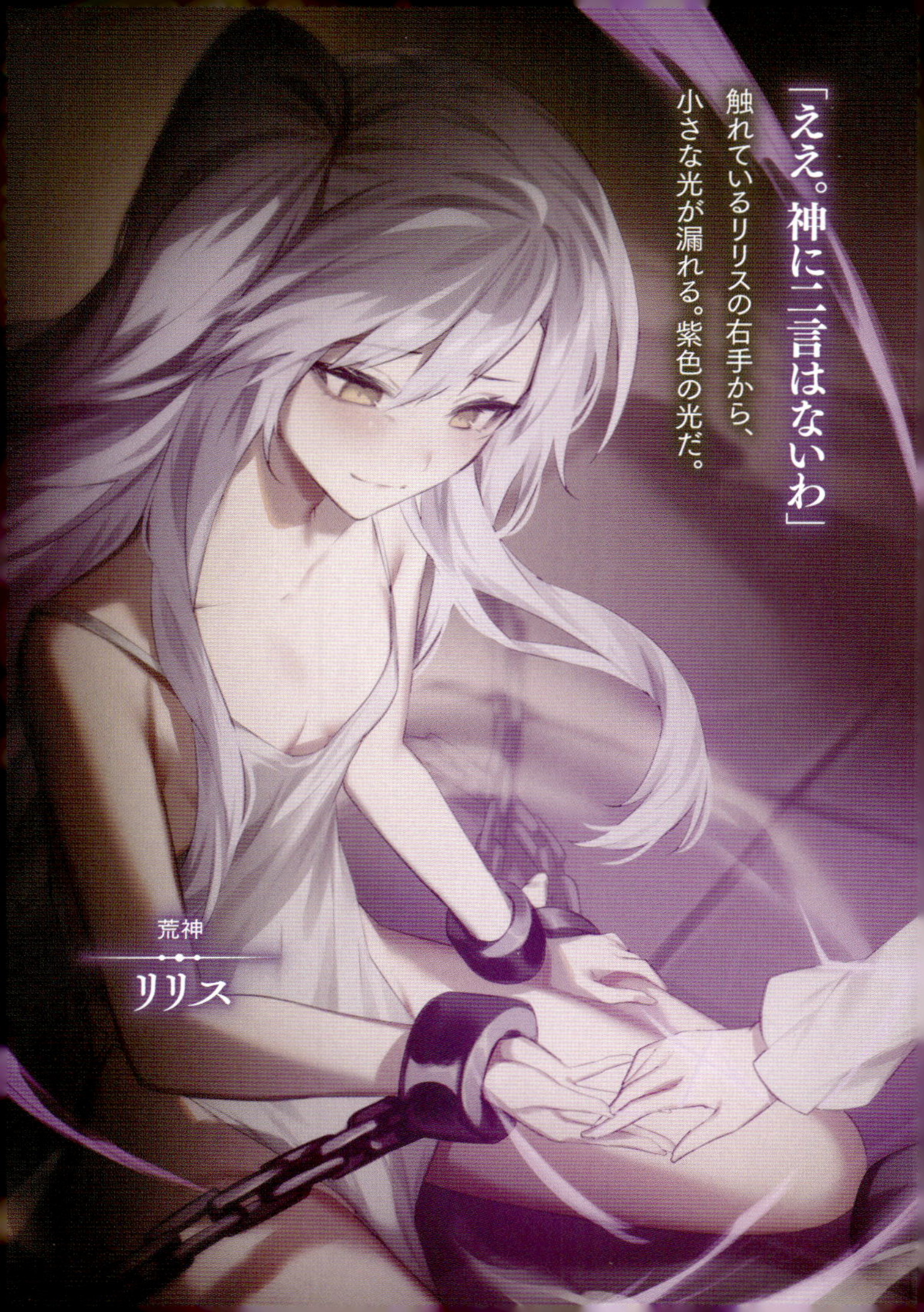
「ええ。神に二言はないわ」
触れているリリスの右手から、小さな光が漏れる。紫色の光だ。
荒神
リリス

天才である彼女だからこそ、
俺との差を敏感に察した。察してしまった。
「嘘……ありえない……
なんで、こんなオーラ……」
皇帝の娘
コルネリア・ゼーハバルト

「――試合の最中に、気を抜くなよ」
ルカ・サルバトーレ
（十歳）

「行くぞ？　悪魔」
刀を振るう。アスタロトも漆黒の剣で
防御しようとするが、純粋な身体能力は
オーラを持つルカのほうが上だ。
ルカ・サルバトーレ
（十五歳）

「舐めないでください！」
押されていくアスタロト。
彼女は速度による差を補うために
手数を増やした。
原初の悪魔
アスタロト

CONTENTS

Saikyo no
akuyaku ga iku

最強の悪役が往く

～実力至上主義の一族に転生した俺は、世界最強の剣士へと至る～

Hanmenkyoushi
著 反面教師

イラスト Genyaky

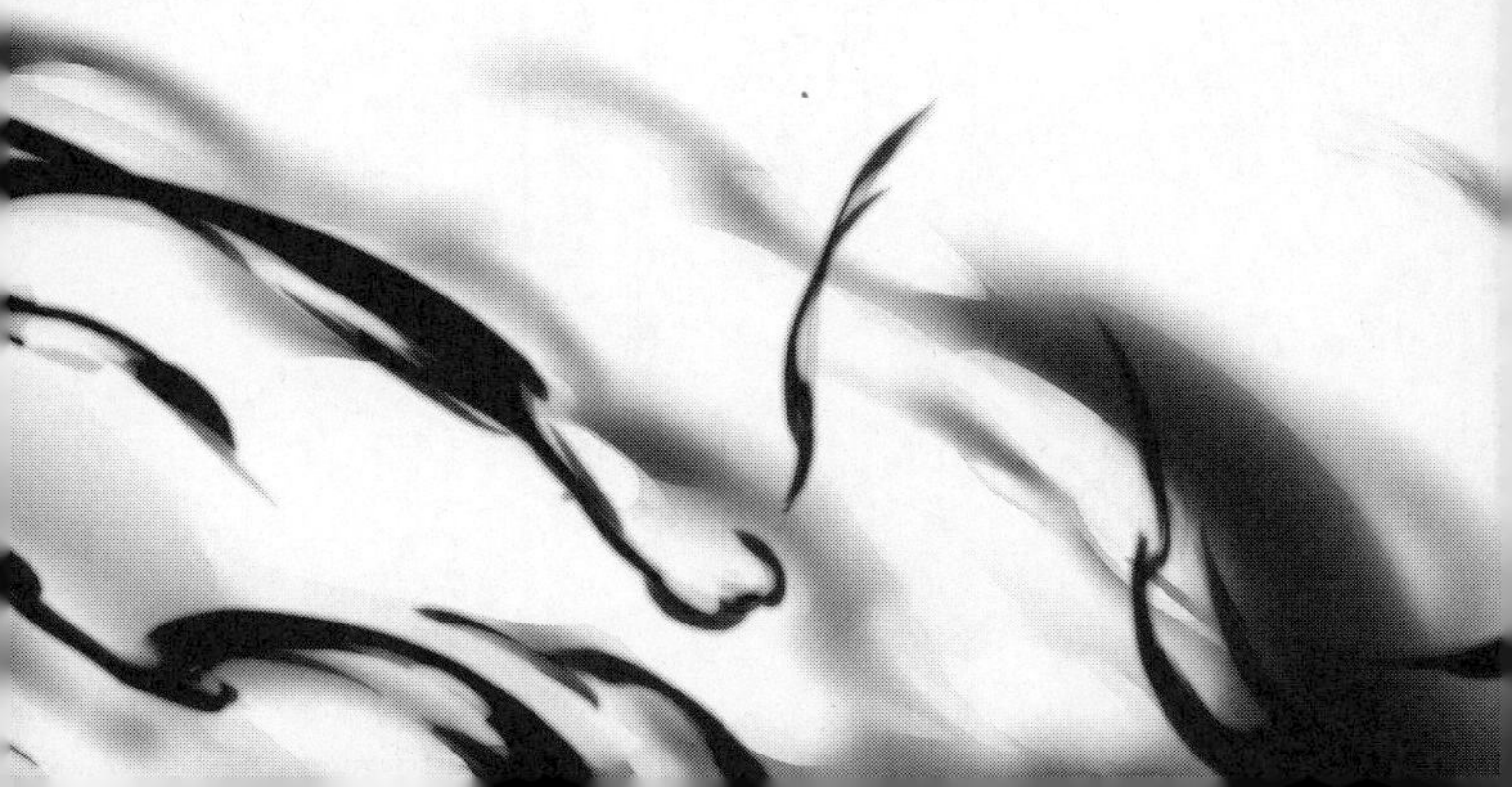

序章：悪役転生

VRMMORPG《モノクロの世界》。

世界的に流行したゲームの一つで、同時接続者数100万人を超えるほどの人気を博した。

現実で嫌なことがあった俺も、この《モノクロの世界》では主人公の一人。数ある武器を手に、広大なフィールドを走り回った。

モンスターと戦闘し、友人たちと歓談し、アイテムを探してマップ内を散策する。ただそれだけのことが、学校で虐《いじ》められていた俺には凄《すご》く幸せな時間に思えた。

楽しかったんだ。いつまでも甘い夢に浸っていたいと思った。……しかし、現実はいつまでも甘くはない。時に牙を剝《む》き、時にあらぬ方向へ人を導く。

例えば、今の俺のように。

「……嘘《うそ》、だろ？」

自分の頬《ほ》っぺたを強く抓《つね》ってから、俺はか細い声を零《こぼ》した。

目の前に置いてある大きな鏡の中には、見覚えのない少年が立っている。

艶のある夜空のように黒い髪。長さは男にしては少し長い。瞳は赤く、まるで血だ。顔立ちはずいぶん幼い。おそらく年齢は五歳くらい。背丈もギリギリ一メートルあるかどうか。総じて俺の記憶にある人物とは異なる。

なぜなら、その人物とは……他の誰でもない、俺自身のことなのだから。

「異世界転生？」

ちんけな答えが、喉を通って出てくる。それ以外にこの状況を説明する言葉は無かった。

最初は、なぜベッドの上に寝転がっていたのか、そもそもここはどこなのか、とゲームをプレイしている気分だった。

VRゲームはリアリティを追求している。中世風の室内にいても何らおかしくはない。だが、それが全くの見当違いだと気付いたのは、ついさっき。

俺が作ったキャラクターとは違う容姿が鏡面に映し出され、何となく頬を抓《つね》った際に痛みを感じて、状況を把握した。

VRゲームに、少なくとも《モノクロの世界》に、痛覚設定など存在しない。そんなものが組み込まれていたら、世間が黙っていない。

ただでさえ、聞いたところによると、VRゲームを制作する過程でいろいろ騒動があったらしい。

そういうわけで、俺は目を覚まして早々にここが異世界だと仮定する。もちろん、まだゲームの中であるという可能性を捨てきったわけじゃない。低くても可能性は残っている。

「ひとまず、自分がどこの誰なのか調べないといけないな……」

鏡から視線を外す。ぐるりと部屋の中を見渡してみるが、自分の正体に辿《たど》りつけそうなものは何も無い。

するとそこで——コンコン。

部屋の扉が控えめにノックされた。扉越しに女性の声が聞こえてくる。

「おはようございます、ルカ様。お着替えの準備をしてもよろしいでしょうか」

「……ルカ？　着替え？」

誰の、何の話だ？

俺は女性の台詞《せりふ》に首を傾《かし》げる。少し考えて、この部屋には自分しかいないことを思い出した。

たぶん、《ルカ》という名前は俺の名前だ。そして着替え……ひょっとすると、ルカこと俺は、割と偉い立場の人間だったりするのか？

うんうんと頭を捻《ひね》っていると、

「ルカ様？　まだ寝ているのでしょうか」

ガチャ。ゆっくり扉が開いた。外からメイド服を着た女性が部屋の中に入ってくる。

お互いに視線が交錯した。

「あら……起きていらっしゃったんですね、ルカ様。おはようございます。鏡の前で何を？」

「あっ……いや、なんでもない」

くっ！　咄嗟《とっさ》にため口で答えてしまった。見るからに相手のほうが歳上《としうえ》なのに。

しかし、メイドはさも当然のように俺の言葉を受け入れた。考える素振りもなく話を続ける。

「そうですか。では、先にお着替えを。こちらに置いておきますね」

手にした衣服をベッドの上に置き、恭《うやうや》しく頭を下げてメイドは部屋を出ていった。それを見送り、俺は盛大にため息を吐く。

「ハァ。そりゃあずっと家に引き籠もっていたんだし、人見知りだよなぁ」

俺が彼女に咄嗟《とっさ》に返事できなかったのは、前世？　でも人と話すのが苦手だったからだ。学校では喧嘩《けんか》の強い男たちに虐《いじ》められ、女子からは「惨《みじ》め」「情けない」「気持ち悪い」「根暗」などと言われていた。今思い出すだけでも胸が締め付けられる。

仮に俺が地球のどこかしら、もしくは異世界に転生したのなら、かつての記憶など忘れ去ったほうがいい。分かってはいるが……簡単じゃなかった。

「つうか、あの人に俺のこと訊《き》けばよかったじゃん。なんでそのまま行かせた」

やれやれ、と自分の情けなさに涙が出そうになる。

とりあえずメイドが置いていった服に袖を通す。素材がいいな。俺の知る服とは少し違うが、貴族のお坊ちゃんっぽい。

「貴族転生か。これがラノベだったら、俺は一族の中で冷遇された落ちこぼれか、家族に愛された天才か。よくある展開だとどっちかだな」

できれば後者であってほしい。俺はもう、冷遇された人生を歩みたくない。誰からも必要とされない、誰からも求められない、いない人扱いされるのは嫌だ。

思わず右手に力が籠もる。ぎゅっと拳を作り、着替えが終わるなり部屋を出た。まずは、今いる建物の中を調べる。

「――お着替えは終わりましたか？　朝食の準備はできています」

「げっ⁉」

廊下に出た瞬間、ずっと待っていたのかメイドに捉《つか》まった。変な声が漏れる。

「ルカ様？　ダイニングルームへ向かいますが……よろしいでしょうか？」

「あ、ああ……大丈夫、だ……」

またしてもため口で答えてしまう。きっと俺は貴族の息子。敬語で話すほうがおかしい。その証拠に、メイドはやはり何も気にしていなかった。踵《きびす》を返《かえ》し、歩き出す。俺は彼女の背中を追いかけた。

ダイニングルームか……食堂のことだよな？　そこに行けば食事にありつける。何か、他にも情報が得られるかもしれない。

お互いに無言を貫き、廊下の先にあった階段を下りる。どうやら俺の部屋は、屋敷《やしき》の二階にあったらしい。階段を下りて左へ。大きな二枚扉を開けると、横長のテーブルを縦に設置したダイニングルームと思われる場所に辿《たど》り着《つ》いた。

いや、長すぎるだろテーブル。端から端まで十メートルくらいある。

「よう、ルカ。今日は少し遅かったか？」

ダイニングルームに入ってすぐ、すでに席に座っていた少年が声をかけてきた。

金髪碧眼《へきがん》の少年だ。俺と違ってくせ毛が目立つ。顔立ちはよく、おかげでくせ毛がアクセントになっていた。

誰だ？　こいつ。どこかで見覚えがあるような……。それに、なんだか金髪の少年を見ているると、胸がムカムカしてくる。とはいえ、見ず知らずの相手に喧嘩《けんか》を売るのはまずい。グッと怒りを堪え、口を開いた。

「いつも通りの時間だろ」

短く言葉を返す。直後、金髪の少年が驚いたように言った。

「なっ……ど、どうしたんだ？　今日はいつにも増して生意気な口を利《き》くじゃねぇか」

生意気？　……はは一ん。同じ家の中にいることといい、気さくな口ぶりといい、こいつ、俺の兄か親戚か？

注意深く男を観察する。だが、途中でメイドが囁《ささや》いた。

「ルカ様、料理が運ばれてきます。お席に」

「……分かった」

いろいろと訊《き》きたいことはあるが、異世界転生して記憶がありません——とは言えず、大人しく従う。一番近くにある目の前の席に座った。

遅れて使用人が次々に料理を運んでくる。出来立てっぽいが、毒見は無しか？

怪訝《けげん》に思いながらも、テーブルに置かれたフォークやスプーンを使って料理を食べる。不思議と体がすいすい動いた。貴族らしいマナーとか作法とか知らないが、誰も何も言わない。できている、のか？

短時間で分からないことばかりが増えていく。いっそ誰か教えてくれ、と内心で不満を漏らしながら食事を続けていると、

「今日はルカとカムレンの二人だけか」

ダイニングルームに、二メートル近い巨人が入ってきた。地の底から響くような低い声に、体がビクリと震える。

こ……こいつは⁉

俺の背後を通り抜けて一番奥の席へ向かった大男を見て、俺は戦慄した。ようやく、初めて、見覚えのある人物が現れた。

ルキウス・サルバトーレ。

ゼーハバルト帝国の建国に尽力した三人の英雄の一人、サルバトーレ公爵家の当主。力を追い求めるサルバトーレの代名詞とも言えるキャラクターで、《モノクロの世界》に登場する悪役。敵だ。

そんな男が俺の眼前に、当たり前のように現れた。当たり前のように食事を取ろうとしている。導き出される答えは……お、俺の父親？

ようやく現状が多少は摑《つか》めてきた。

一つ。俺の名前はおそらくルカ・サルバトーレ。ルキウスが俺を見て何も言わないってことは、そういうことだろう。

二つ。見覚えのある金髪の少年の名前。カムレン・サルバトーレ。こいつはゲームにも登場する敵キャラクターの一人だ。どうりで違和感を抱いたわけだ。俺が知ってる姿は、今よりだいぶ成長している。

三つ。どうやら俺は、《モノクロの世界》に登場する悪役一家の一人に転生したらしい。しかもルカなんて名前は、作中で一度も出てきていないはず。俺もうろ覚えだが、そんな気がした。

せっかく大好きだった、やり込んでいたゲームと似た世界に転生したというのに、俺は主人公でも主要キャラクターでもなく——悪役モブ。一気にテンションが落ちる。

「ルカ様？　いかがしましたか？」

俺の様子にいち早く気付いたメイドが声をかけてくるが、

「なんでもない……」

俺は力の抜けた声しか出せなかった。

サルバトーレ公爵家といえば、最終的にゼーハバルト皇家に反旗を翻《ひるがえ》し、皇家と主人公に倒される悲運の悪役。まあ、悲運という表現は少し違うか。

サルバトーレ公爵家の人間は化け物と変態と鬼畜野郎しかいない。戦闘こそ生き甲斐《いがい》とか言う連中だ。その傲慢さが身の破滅を招いた。自業自得《じごうじとく》ではある。

だが、俺は死にたくない。人ならば当然、生きたいと願う。何よりまた嫌われ役か……。

前世でもそうだった。無力な俺は、学生時代、毎日のように虐《いじ》められていた。ついに耐えきれず引き籠もり生活を始めた時に出会ったのが、《モノクロの世界》。

容姿を自由に設定できる仮想世界は、俺の人生の全てが詰まっていると言ってもいい。ゲームに手を出したのはほんの数年。たったそれだけの日々が、俺の人生の八割を占めた。

いつだってゲームを優先し、ゲームの中でくらいカッコいい、理想の自分を演じた。

当時、俺が好きだったのはダークヒーロー。中途半端《ちゅうとはんぱ》な優しさを振りかざす主人公を嫌悪《けんお》していた頃だ。

ダークヒーローは凄《すご》い。ヒーローでありながら敵には容赦しない。味方には優しい一面を見せつつ、敵対者にはどこまでも冷酷に、苛烈になる。そんな二面性に惚《ほ》れた。俺もクールでカッコいいダークヒーローになりたかった。無力な過去の自分には戻りたくない。そう、思っていた。

それが。

まさか、力を尊ぶ悪役一族の一員になるとは。予想外にもほどがある。

違う！　そうじゃない！　と今すぐテーブルを叩《たた》きたくなったが、父や使用人の前だ、自重する。それよりも、俺は決断を迫られる。よくある破滅エンドの回避を目指すか、いっそ家から飛び出し、無関係な存在となるか。

俺は……。

「――ごちそうさまでした」

考え事と食事を同時に終わらせる。ルキウスに一礼し、俺は席を立つ。

父ルキウスは何も言わない。視線すら寄越さず、興味無さそうに食事を続けていた。

そうだ。これがサルバトーレ公爵家。力こそ全て。弱者はただ強者に蹂躙《じゅうりん》されるだけの世界。俺はこの世界で、もう二度と何も奪われることなく生き抜きたい。現実でも、ゲームでも、俺は何度も奪われ続けた。

せっかく転生したのにまた奪われるのか？　分かっていながら、何もせず受け入れるのか？

否である。

俺は戦うことに決めた。命を懸けて、この地獄のような公爵家の中で生き抜く。例えどんな手を使おうと。

これは一種のチャンスだ。自分を変えるチャンス。負け犬で終わるな。少なくともここは現実のようで現実じゃない。お前が愛し、逃げ、悔しい思いをしながらも楽しんだ世界だ。それなら俺は——前に進めるはずだ。

散々悩んだ結果、俺は茨の道を歩くことにした。逃げられないのなら、ただ前に向かって走ればいい。

さあ、第二の人生《ゲーム》の始まりだ。

一章：荒神のリリス

俺が《モノクロの世界》に転生して半年の月日が過ぎた。

時間の流れはあっという間だ。瞬《まばた》きしている間に、前世なら季節を一つか二つは跨《また》いだ。

「どうかしましたか、ルカ様。何やら注意力が散漫ですよ！」

向かって右側から、鋭い一撃が迫る。姿が霞《かす》むほどの速度で木剣が振るわれた。それを落ち着いて、自分の木剣でガードする。

「ぬかせ。俺はいつも通りだ」

互いの木剣がぶつかり合い、甲高い音を響かせる。手元に伝わってきた強烈な衝撃に目を細める。内心、「くっっっそ痛ぇ！」と汚い言葉が出た。

左足を前に出し、ガード体勢のまま正面の男性に近付く。灰色髪の男性は、俺が接近してくるとは思っていなかったのか、こちらの一手に目を見開く。

「ッ!?」

「お前こそ油断していると怪我《けが》するぞ、サイラス！」

先ほど盾に使った剣を、引き戻さずに突き放った。こうしたほうが追撃のラグが短くて済む。

現在俺は、サルバトーレ公爵邸の隣にある訓練場で、剣術指南役のサイラスという男と剣を交えていた。

さすが現役の、それもサルバトーレ公爵家が抱える騎士なだけあって、サイラスの技量も腕力も相当なものだ。五歳の俺では、まともに防御してもダメージを受ける。それでも戦えているのは、サイラスが手加減している証拠。彼が本気だったら、俺は五秒ともたない。

「ははっ。サルバトーレの若き獅子《しし》は血気盛んですね。私も負けてはいられない！」

俺が斬り込み、サイラスがいなす。その繰り返しが、剣道場によく似た広い室内で行われる。あくまで俺に合わせた速度、力でサイラスは抵抗する。

時折、俺の予想を超える一撃を放ってくるが、意識していれば避けられないほどじゃない。半年の間に何度も殴られ、何度も怪我《けが》をした。傷付く度に学び、知識や経験として吸収している。もう、よほど疲れ切っていないとサイラスの攻撃は当たらない。

双方、踊るように自分の攻撃範囲を調整しながら動いていると、ふいに、後方から足音が聞こえてきた。最後に一発、お互いの木剣を斬り結び、俺もサイラスもピタリと戦闘を止める。視線が同時に俺の後ろへ向いた。

「終わりの時間か？」

俺が訓練場にやってきたメイド服の女性に問うと、彼女はペコリと頭を下げてから答えた。

「はい。夕餉《ゆうげ》の支度まで一時間を切りました。ルカ様の言いつけ通りの時間かと」

「分かった。下がっていいぞ」

「畏《かしこ》まりました」

専属メイドは、俺の指示に素直に従う。ほとんど音も無く消えた。

武力を尊ぶサルバトーレ公爵家では、メイドも強い。常識だ。

「いつも疑問なんですが、夕食まで時間があるのに、早々に切り上げるのはどうしてですか？　疲れてるわけでもないのに」

半年間、俺の奇妙な時間の調整に、サイラスが何度目か忘れた質問を投げかけてくる。当然、何度も返した言葉を送る。

「ただの散歩だ。息抜きとも言う。ただ激しく体を動かしていればいいというものでもないぞ、サイラス」

「ですよねぇ。ま、実際にルカ様はありえない速度で強くなっているし、私も誰も文句はありませんよ」

「だったら一々聞くな。答えるのも面倒だ」

「ルカ様って律儀《りちぎ》」

「黙れ」

ニヤニヤとムカつく顔を浮かべるサイラスから視線を逸《そ》らし、木剣をサイラスへぶん投げてから訓練場を出ていく。このあと俺は、少々やるべきことがある。

厳密には、「見つけなきゃいけないものがある」。

▼△▼

ルカが足早に訓練場を立ち去っていく。

取り残された灰色髪の男性サイラスは、その後ろ姿を見送ってからため息を吐いた。

「ハァ……ルカ様おっかねぇ」

それは、この半年間の記憶を振り返った際に必ず出てくる言葉。

ルカ・サルバトーレはおっかない。

背丈も年齢も、剣術も経験も何もかもが上のはずのサイラスが、ルカの訓練を始めてから一度も油断できていなかった。手加減は常にしてる。本気を出せば戦いはすぐに終わる。だが、それにしたってルカは恐ろしい。

「ああいうのを天才って言うのかね」

ルカ・サルバトーレはまだ五歳。剣を握って半年しか経《た》っていない。にもかかわらず、ルカの成長速度は、サイラスがこれまで見てきたあらゆる剣士を凌駕《りょうが》していた。

人類最強と名高い剣士ルキウス・サルバトーレでさえ、基礎中の基礎、木剣による素振りを百回達成するのに一週間を要した。その娘、長女ノルンも五日。

しかしルカは、なんと――初日で百回の素振りを終わらせた。代々、サルバトーレ家の人間が素振りで使う特注の鉛が入った非常に重い木剣で。

普通なら腕が千切れる。そう錯覚するほどの疲労と痛みが体を蝕《むしば》む。けれどルカは、その痛みを我慢して乗り切った。

あまりにも異常。サイラスは初めて子供に恐怖を抱いた。ノルン以上にルカは不気味だと。

「基礎訓練を三日でクリア。そこから俺との打ち合いまで一日。少なく見積もっても半年間は剣を交えてきた、が」

サイラスの視線が自らの手元に落ちる。先ほどの戦いも、実は割とサイラスは驚いていた。

ルカは必ず毎日成長する。一度戦えば十も二十も憶《おぼ》える。こちらの動きを観察し、攻撃の間合いを調整する技術に至っては、兄たちよりすでに上だ。当主ルキウスにこのことを話したら、とても嬉《うれ》しそうに笑っていたのを思い出す。

「ひょっとすると、俺の本気を超えてくるのも時間の問題かもしれないな。それこそ、初代当主と同じくらいの年齢でオーラだって……」

《オーラ》。

この世界に存在する、五つある能力の中で最もバランスに優れた力。あらゆる万物を強化できる。

サルバトーレ公爵家の成人した人間は、今のところ全員がオーラを扱える。強い剣士になるなら、身体能力も強化できるオーラは必須だ。無論、能力が発現した者に限られるが。

そして能力は、早くても十歳を過ぎないと覚醒しない。天才、神童と謳《うた》われたルキウス、ノルンの二人でさえ、十歳の頃に開花した。

だが、何事にも例外はある。

例えば初代サルバトーレ公爵。帝国建国に尽力した英雄の一人である彼は、八歳の頃にオーラが使えるようになったらしい。ならばルカとて、早期にオーラを覚醒させられるかもしれない。

早期の覚醒がイコール最高の才能の持ち主とは言えないが、歴史上の偉人たちは皆、早期の覚醒者たちだ。確率でいえば相当高い。だから当主ルキウスも、ルカの早期覚醒に期待している。

サイラスもルカには大きな期待を寄せていた。

ルカは決してサボらない。怠けない。まるで何かに怯《おび》えているかのように剣を振る。あまりにも鬼気迫る様子は、見ているサイラスが疲れるほどだ。

「天才は自然と努力する。ルカ様はまさにそれを体現していた。どこまで羽ばたけるのか……恐ろしくもあり、ワクワクもあり……目が離せないな」

二本の木剣を壁に立てかける。使い古した武器は、今にも壊れそうだった。

ルカの並々ならぬ訓練の賜物《たまもの》だ。これを見る度にサイラスは、今のルカに何が必要なのかを考える。できることなら、最も早く教えてあげたいオーラが覚醒しますように。そんな祈りを心の中で呟《つぶや》き、本来やるべき騎士の仕事に戻る。

▼△▼

サイラスとの日課の鍛錬を終わらせた俺は、一人、屋敷《やしき》の横に延びる道を通り抜けていく。

先にあるのは、普段ほとんど使われていない離れの建物。

「探していないのは、もうここくらいか……」

歩みを止めず、建物の中に入る。

俺はここ半年の間に、時間を見つけては屋敷《やしき》中を隈《くま》なく歩き回っていた。

何をしているのかと問われれば、目的はただ一つ。サルバトーレ公爵家のどこかにある、《隠し通路》の発見だ。そこに、ある人物が封じられている。

「意外と小綺麗《こぎれい》だな」

廊下にも窓にも汚れや埃《ほこり》は付いてない。定期的に使用人が立ち入っているのは明白だ。じゃあ、彼ら彼女らの目的は？　なぜ掃除する？

きっと、隠し通路の奥にいる彼女に、当主や一族の誰かが会いに行ってるんだろう。

角を曲がり、適当にどんどん奥を目指す。

元々はここが本邸だったらしい。その名残か、離れの中はそこそこ広い。何も考えずに歩いていたら、俺でも迷子になる。

きょろきょろと周囲を見渡しながら更に進むと、やがて表札に「書斎」と書かれた一室を見つける。

「……臭うな」

俺の勘が訴える。ここに隠し通路があると。

この屋敷《やしき》は初代当主が建てた。リリスを捕まえてきたのも初代当主だ。もし俺が初代当主だったら、危険人物をどこに隠しておくか。当然、管理しやすい自分の傍《そば》だ。強者ならそう考える。

つまり、書斎。答えはこの中だ。

扉を開けて書斎に足を踏み入れた。

「確かゲームだと、隠し部屋に繋《つな》がる扉は、スイッチを押して開くんだったか？」

文章のどこかにそんな記載があった。いっそ、「離れにある書斎のどこどこ～」まで書いてあってほしかったが、今更それを言ったところで詮無きこと。左壁から順にスイッチを探していく。

注意深く観察しながらぐるりと部屋中を回ると、一箇所だけ露骨に掃除されていないエリアに気が付く。明らかに適当だ。他ほど綺麗《きれい》じゃない。

「まさか、な。フェイクだろ」

いくらなんでも歴代当主はそこまで馬鹿じゃないよな？

疑いつつもスイッチを探してみると……。

――カチッ。

本棚の右斜め下、底に奇妙な凹凸が。先端に軽く触れて押した瞬間、一つ隣の本棚がくるりと回転して外側に開く。

俺は咄嗟《とっさ》に後ろへ下がった。眼前に、これは見事な隠し通路が現れる。

「……ビンゴ」

思わず乾いた笑い声が出そうになった。

目を凝らして入り口をくぐる。通路は真っ暗だ。辛《かろ》うじて小さな明かりはあるが、足下もおぼつかない。

「チッ。蠟燭《ろうそく》くらい持ってくればよかったな」

まあいい。隠し通路の扉が開いているなら、外から夕陽《ゆうひ》が差し込んできて多少はマシだ。それに、奥のほうには光を放つ特殊な鉱石がはめ込まれている。光量は微妙だが、目が慣れれば問題ない。俺はそのまま一直線の道を進む。

すぐにひらけた一角に辿《たど》り着《つ》いた。

「はは……見つけたぞ、リリス」

俺の目の前に、鎖に繋《つな》がれた少女が倒れていた。

見たところ眠っている。近付き、彼女の顔を覗《のぞ》く。

「ゲームでもそうだったが、ずいぶん綺麗《きれい》だな。閉じ込められているとは思えない」

彼女の名前はリリス。美しい薄紫色の髪に金色の瞳が特徴的——だと公式サイトの設定欄に載っていた。事実、瞳の色は窺《うかが》えないが、こんな陰鬱とした場所に囚われてるにしては汚れの少ない髪だ。

「これでゲームのラスボスなんだから、分からないもんだな……しかし」

そこで俺はふむ、と顎に手を当てて考える。

「リリスを見つけたはいいが、問題は彼女をどうやって説得するか」

リリスは、東方に生息する《荒神》と呼ばれる存在。戦いを求め、誰だろうと容赦なく襲うことからそう呼ばれるようになった。

だが、見境なく暴れ回ったリリスは、あまりにも圧倒的な力を持つがゆえに、他の荒神たちに目をつけられる。そして、一対多数による一方的な戦いの末に敗れ、力を奪われた。

どうにか命からがら逃げ延びたリリスだったが、最後には初代サルバトーレ公爵の手に落ち、研究のためにこの隠し部屋に封印されている。何百年もの間ずっと。

普通に、「力を貸してくれ」と言ってもスルーされるのがオチだ。何か、彼女に提示できる

ものはないか……。

無言で思考を巡らせる。リリスにとってのメリット、それ自体は一つしかない。かつて、卑《ひ》怯《きょう》な方法で自分を追い詰めた荒神たちへの復讐《ふくしゅう》。その復讐《ふくしゅう》を俺が代行してやればいい。彼女が素直に信じてくれるかは怪しいが。

なかなか妙案が浮かばず、悶々《もんもん》とした時間を過ごす。その途中、ふいにリリスが目を覚ました。弾《はじ》かれたように体を起こす。

「うおっ⁉」

たまらず俺は驚愕《きょうがく》する。体をわずかに後ろへ下げ、リリスを警戒したが、

「……あんた、誰？」

リリスはきょとん、とした様子で首を傾《かし》げながら俺に問うた。年齢は十代半ば。とても元神様には見えない。

「ルカ……サルバトーレ」

「サルバトーレ？　ああ、奴《やつ》の子孫ね」

「奴《やつ》？」

「初代サルバトーレ公爵よ」

「なるほど」

意外なことに、リリスからは敵意を感じなかった。公式サイトに書いてある情報通りなら、

怒り狂ってもしょうがないというのに。

そんな俺の疑問に気がついたのか、彼女は言った。

「？　なに、呆《ほう》けた顔して。不思議そうね」

「いや……殴られると思ってた。意外と穏やかでびっくりしてる」

「はぁ？　なんで私があんたを殴らないと……って、そっか。もしかして誤解してる？」

「誤解？」

リリスの言葉に、今度は俺が首を傾《かし》げた。

「ええ、誤解。私がサルバトーレの連中を恨んでるとでも？」

「違うのか？」

「違うわ。初代当主が何て言ってるのかは知らないけど、私は、あんたたちの先祖に助けられたの」

「助けられた？」

俺が知らない情報が出てくる。前世でゲームをクリアしたというのに、そんな話は無かった。どういうことだ？　いわゆる裏設定というやつか？　もしくは、この世界特有の設定か。どちらにせよ、俺は静かにリリスの続きを待った。

「昔、私は東方の地で暴れた。闘争を求めて、力を求めて。それが奴《やつ》らの神経を逆撫《さかな》でしたのか……複数で私を囲んで痛めつけたのよ」

奴《やつ》ら、というのがおそらくリリスと同じ荒神のことを指していると思われる。それなら俺の知る話とも合致する。

「最後には力の大半を失った。能力そのものを吸収されるなんてね。そうしてズタボロになった私が、奴《やつ》らから必死に逃げた先で——出会ったの」

「当時の、サルバトーレ公爵にか」

「正解」

リリスはわざとらしく手を鳴らして拍手した。隠し部屋にパチパチと乾いた音が響く。

「サルバトーレの人間は、私を仕留めるのではなく、利用しようと考えた。私のほうもまだ死にたくなかったし、彼の提案を受け入れたわ。拒否するほどの力も残ってなかったしね」

そう言ってリリスは肩をすくめる。直後、すっと目を細めた。背筋に冷たい何かが這《は》う。この感覚は……恐怖？

「けど、拘束はやり過ぎじゃない？」

「お前を封印しなきゃいけない理由があったんだろ」

「あの男は、私が強大な力を持つ荒神だと見抜いていた。失った力を取り戻せないように封印したの。嘆かわしい話だわ」

「それは、結果的に助けられたのか？」

「微妙なところね。ご覧の通り、私は不自由してるもの」

鎖に繋《つな》がれた手を持ち上げて、くすりとリリスは自虐的に笑う。

俺は状況を正しく理解し、得た情報を整理する。知っているものとは少しだけ違ったが、むしろ俺にとってはメリットに働く。なぜなら、彼女は自由を得たいとも思っているのだから。

「そうか。分かった。なら、ちょうどいいな」

「ちょうどいい？」

「今日、俺がここに足を踏み入れたのは、お前に提案をしに来たからだ」

「へぇ……子供のくせに生意気な口を叩《たた》くじゃない」

リリスの浮かべた笑みが何か恐ろしいものに見える。力を失っているとは言ってたが、齢《よわい》五歳の子供を殺すくらいの力は残っているのか？　だとしたら分の悪い賭けになる。だが、命を懸けるメリットはあった。

俺はごくりと生唾を飲み込み、返事を待っているリリスに言う。

「子供の戯言《たわごと》だと思ってくれてもいいさ。俺からの提案はただ一つ。――お前の力を俺に寄越せ、リリス」

右手を前に突き出す。彼女を求めるように手を伸ばした。

リリスは怪訝《けげん》な表情を作る。

「私の力を寄越せ？」

「難しい話じゃない。荒神と呼ばれたお前なら、他者に能力を譲り渡すこともできるんだろう？　初代サルバトーレ公爵がお前をわざわざ生け捕りにしたのは、それが理由のはずだ。違うか？」

「……あはは、本当に生意気なガキ」

リリスから濃密な殺気が放たれた。心臓がぎゅっと押し潰されそうになる。額からは大量の汗が流れ、脚は俺の意思とは裏腹に小刻みに震える。本能がリリスという存在に屈しかけていた。

しかし、俺は抗《あらが》う。なんとか意識を保ってみせた。

「いいじゃない、あんた。ただの子供じゃないわね？　さすがあの化け物の子孫」

「少しは認めてくれたってことか？」

汗を拭きながら苦笑する。彼女は素直に頷《うなず》いた。殺気もかき消える。

「ええ。特別に、私と交渉する権利をあげる。聞かせてもらおうじゃない、あんたが提示する私へのメリットを。当然あるんでしょ？」

「まあな」

なんとか第一関門は突破した。一番の問題は、彼女が俺の提案に乗ってくれるかどうか。そこさえクリアすれば、あとは簡単だ。彼女が求めている条件を出せばいい。

一息吐《ひといきつ》いてから俺は、リリスに告げる。

「まず、俺の提案に関して話す」

「俺がお前に求めているのは、能力の譲渡。お前だけが持つ異能――《マテリア》が欲しい」

「ッ！　どうしてあんたがそのことを知っているのかしら」

リリスの警戒心が上がった。俺を睨《にら》んでる。

「俺は転生者だ。異なる世界の記憶を持ってる」

「は？　転生者？」

「信じるも信じないもお前の勝手だ。その上で、俺は誰よりもお前に詳しい」

「ふうん……まだ信用はできないわね」

「当然だな。話を進めてもいいか？」

「どうぞ」

自分が荒神と呼ばれているだけあって、俺の突拍子もない話も呑《の》み込んでくれた。長々と説明しないで済むのは楽だな。

「今度はメリットの提示だ。とはいえ、俺がお前に差し出せるメリットなんてごくわずかだ」

「それを分かっていながら、私に契約を持ち掛けたの？」

「ああ。俺がお前に差し出すものは……復讐《ふくしゅう》の代行」

「代行？」

「お前の代わりに、強くなった俺が復讐《ふくしゅう》を肩代わりしてやる。要は、お前を苦しめた他の荒神たちを俺が倒す」

「あはは！　ずいぶん大きく出たわねぇ。あんたが荒神を倒す？　乳臭い子供のくせに？」

リリスは盛大に笑った。けらけらと喉を鳴らし、面白おかしく体を小刻みに震わせる。その拍子に、手足に嵌《は》められた鼠色《ねずみいろ》の鎖がじゃらじゃらと音を立てた。

「言っただろ、強くなってからだ。今すぐじゃない」

「大言壮語なんてつまらないわよ。誰でも言える。どうしてそんな世迷言《よまいごと》に私の力を賭けなきゃいけないの？」

「唯一の望みだろ」

「…………」

図星を突かれ、リリスが口を閉ざす。

彼女は永い年月、この狭くて暗い隠し部屋に閉じ込められている。歴代の当主がリリスの力を求めたように、リリスも自らの復讐《ふくしゅう》を渇望《かつぼう》した。

しかし、出られない。簡単には出られない。リリスが願いを叶《かな》えるには、自らの力を誰かに渡すか、特定のアイテムを揃《そろ》えて封印を破壊し、無理やり外へ出るかの二択しかない。そして後者はラスボスエンド。

実質、選べる選択肢は一つだけ。それが契約だ。

「本当によく知ってるわ……ムカつくくらい私のことをね」

「どうする？　契約するか？　それともまた、一人寂しくここで過ごすか？　誰もいない、何もない空虚な空間で」

「契約の条件次第ね。復讐《ふくしゅう》の他に、もう一つ条件を加えるわ」

「いいだろう。受け入れる」

「ま、まだ何も言ってないわよ⁉」

間髪入れず答えたことで、リリスが啞然《あぜん》とする。

最初から何を言われるか分かり切っているのだ、聞くだけ時間の無駄である。

「どうせ身の安全と自由だろ」

「このガキ……！」

やれやれ、と肩をすくめてみせる俺に、リリスが額に青筋を浮かべて右手を握り締める。全てお見通し、という態度が腹立たしいのか、リリスは視線を横へ逸《そ》らしてしまった。拗《す》ねている？

「そうよ。その通りよ。文句あるなら契約はしないわ」

「問題無い。契約を始めてくれ」

「はぁ？　人の話聞いてたの？　あんたは力を得る代わりに、私を守らなきゃいけないのよ？　しかも、私を自由に行動させるなんて普通……」

「ありえない、ってか？」

ニヤリと口角を持ち上げる。

「確かに、デメリットが重いな。弱体化したお前は足手まといだし、お前が自由になると裏切られる可能性もある」

極端な話、後ろから刺されるかもしれない。

「今、お前がこうして封印されたままなのは、同じ条件を提示して歴代当主に断られたから。許可が出てればお前は逃亡してる」

「……だから何？」

再び図星を突かれ、明らかにリリスの表情が不機嫌になる。声もワントーン下がった。

「俺と行こう、リリス。俺に力を貸してくれ。俺もお前の復讐《ふくしゅう》に力を貸す」

「神を殺そうって話よ？　そんな簡単に頷《うなず》けるとでも？」

「同じチャンスが二度巡ってくるかな？　俺みたいな酔狂な奴《やつ》は、他にいない」

「考える時間をちょうだい」

「ダメだ。時間は有限なんだよ、俺たち人間にはな」

冷静になって拒否されても困る。後から、子供の戯言《たわごと》だと言われても面倒だ。時間的猶予を決して与えない。この場で、イエスかノーを突きつけろ。そう彼女に迫った。

「ッ。強引なガキね………いいわ。分かったわよ」

リリスの視線がこちらに戻る。細められた金色の瞳が、小さな明かりを反射して怪しく煌《きら》めく。

「契約してあげる。私の能力、マテリアを使いこなしてみなさい」

スッと、右手が数センチ前に伸びる。鎖が邪魔をしてそれ以上は動かせないようだが、触れろ、と無言で俺に訴えているのは理解した。

俺もまたリリスの右手に自身の右手を伸ばす。互いの肌が触れ合い、体温を共有する。

「そういえば、まだ力を求める理由を訊《き》いていなかったわね」

「力を求める理由？　契約に必要か？」

「ただの好奇心よ。どれだけ大層な願望を持てば、私と契約したがるのかなって」

「別に……死にたくないだけだ」

「死にたくない？」

意外、という顔でリリスが目を見開いた。

「俺は転生者だって説明しただろ。つまり、一度死んでる」

もしかすると俺の元の体は健在で、魂だけが抜けた可能性もある。だが、どちらにせよ前の人生が終わったことに変わりはない。

「次は長生きする。不条理を壊して、理不尽を盾に、俺が幸せになる番だ」

「よほど酷《ひど》い人生を送ってきたのね」

「まあな。お前ほどじゃないが」

「言うじゃない」

「冗談だ。それより、早く契約を始めてくれ。今更、力を求める理由が気に喰《く》わないからなし……とは言わないよな？」

「ええ。神に二言はないわ」

触れているリリスの右手から、小さな光が漏れる。紫色の光だ。ゆらゆらと幾つもの小さな光が、糸のように俺の体に巻き付いていく。

「契約開始。私の条件はあなたにマテリアを授けること。この力はきっかけに過ぎないわ。適性が無ければまともには使えないし、適性があっても鍛錬を怠れば力は成長しない。代わりに、磨けば磨くほど輝くわよ」

「俺の条件は、荒神への復讐《ふくしゅう》とお前の身の安全、そして自由」

「裕福な家柄なんでしょ？　養ってね、公爵子息様？」

ふふっ、とリリスが冗談っぽく笑う。小悪魔的な笑みの裏には、「贅沢《ぜいたく》がしたい」と書いてあった。

「好きにしろ。俺の邪魔にならなきゃ制限しない」

どうせ金を出すのはサルバトーレ公爵家。俺じゃなくて父だ。何か不利益になるようなら拒否するが、そうでないならどうでもいい。

「契約成立よ。私かあんた、どちらかが死ぬまでこの契約は続く。末永くよろしくね？」

俺の体に巻き付いていた紫色の光の糸が、スゥッと体の中に入っていった。直後、不思議な高揚感を抱く。

「これが……第六の力、マテリアか！」

今まで感じたこともない違和感が全身を巡っている。確かに知覚できている。力が溢《あふ》れるようだ、という台詞《せりふ》は、こういう時に使うものなんだろうな。

「喜んでいるところ悪いんだけど、マテリアを試す前にこの鎖を解いてくれないかしら？」

「ああ、そうだったな」

彼女の目の前で膝を突き、手足を縛る鎖に触れる。

一つずつ丁寧に、封印を解除していった。解除の方法は、前世の知識で知っている。

▼△▼

封印されていたリリスと共に外へ。

薄暗かった通路を抜けると、まだわずかに夕陽《ゆうひ》が窓辺から差し込んでいた。徐々に紺色に浸食されている。夜が近い。

「おお！　外だ！　大禍時《おおまがとき》だ！」

くるくると回りながらリリスが躍り出る。彼女は、窓の外に広がる景色を眺めながら喜色の声を上げた。

「大禍時《おおまがとき》？」

「私のいた東方では、ちょうどこのくらいの時間のことを大禍時《おおまがとき》と呼ぶの。恐ろしい魔物が来るぞ、ってね」

「ふうん。恐ろしい魔物ねぇ」

「まあ私のほうが恐れられていたけどね！」

「神なのに？」

「関係ない。神も魔物も、脆弱《ぜいじゃく》な人間からすれば等しく化け物よ。強いかどうかの差でしか物事を判断できないの」

「さすがは荒神。調子に乗りまくった挙句、同胞に袋叩き《ふくろだた》にされた奴《やつ》の言葉とは思えないな」

しかも命からがら逃げ延びた先でサルバトーレ公爵に取っ摑まったのだから、胸を張ることじゃない。むしろ恥ずかしい。

リリスも内心では同じことを思っていたのか、夕陽《ゆうひ》とは関係のない赤色が頰を染め上げていた。キッと双眸《そうぼう》を細め、睨《にら》まれる。

「うるさいうるさいうるさーい！　ルカ、あんた五歳のくせに生意気よ！　もっと神様を敬え馬鹿者！」

「敬ってるだろ、充分に」

この世界でお前の強さを知っている人間は俺だけだ。不完全とはいえ、作中最強のラスボスであるリリスは強敵だった。その力が、今、俺の中にある。

欠片《かけら》でも凄《すさ》まじいエネルギーだ。感謝もしてるし、敬ってもいる。ただ、主導権を握られるわけにはいかない。だからへりくだるつもりもない。

ぎゃあぎゃあ騒ぐリリスって、人間と同じ食事は取れるのか？　これから夕食の時間だ。そういえばリリスって、人間と同じ食事は取れるのか？

後ろから俺を追いかけてくるリリスを横目に、歩きながらどうでもいいことを考える。そんな俺の前方から、聞き慣れた男の声が届いた。

「ん？　ルカ？　こんな辛気臭い所で何してんだ。つうか、後ろの女は誰だよ」

「カムレン兄さん」

視線を前に向けると、廊下の奥から実の兄、カムレン・サルバトーレがやってくる。

「別に俺がどこで何をしていようが、お前には関係ない」

「チッ。口には気を付けろよ。俺はお前の兄だぞ？」

「それより、何か用か？」

「こいつ……まあいい。後ろの女は誰だ？　まさか娼婦《しょうふ》とは言わないだろうな」

「なわけねぇだろ」

カムレンに聞こえない程度の声で呟《つぶや》く。肩を落としてため息を吐くと、俺の代わりにリリスが口を開いた。

「あれがルカの兄弟？　ずいぶん醜いわね」

「辛辣だな、おい」

お前はオブラートという言葉を知らないのか？

「あ？　俺に向かって醜いだと？」

案の定、カムレンはひくひくと頬を痙攣《けいれん》させる。苛立《いらだ》っているのは明白だ。

無駄にプライドが高いから、自分より格下と思っている相手に馬鹿にされると、カムレンは我慢できなくなる。

ちなみに、カムレンはサルバトーレ公爵家の人間以外をもれなく馬鹿にしてる。特に女性は、男より下、という偏屈な意識を捨てきれていない。だからリリスに見下されたのが許せない。

ずんずんと肩で風を切ってこちらに近付いた。

「俺に、サルバトーレ公爵家に舐《な》めた口を利《き》く奴《やつ》は許すなってのが教訓だぜ」

腰に下げた革鞘《さや》から剣を抜く。正真正銘の真剣だ。

「落ち着けよ、カムレン兄さん。こいつは俺の大事な……なんだ？」

「知らないわよ」

「だそうだ。よく分からん」

「何が言いたいんだ！」

ちょっとしたジョークにもカムレンは過剰に反応する。剣を振りかざし、今にもリリスを殺そうと両目が血走っていた。

しかし、カムレンがリリスの頭上に真剣を落とすより早く、カムレンの背後から渋い男性の声が飛んできた。

「お前たち……ここで何をしている？」

現サルバトーレ公爵家当主ルキウス・サルバトーレ。俺とカムレンの父だった。隣に、ただ者ではない雰囲気を纏《まと》う老齢の男性執事を連れている。

「お……お父様⁉　なぜこんな寂れた離れに⁉」

「質問をしているのは私だ。答えろ」

父を見てカムレンの体が震える。無理もない。ルキウスは熟練の剣士にして、数年前、王国近隣に現れた邪竜を討伐した竜殺しの英雄。オーラなど放出しなくても伝わってくるほどの威圧感を常に纏《まと》っている。離れた所に立つ俺でさえ、ルキウスを見ると鳥肌が止まらない。

だが、

「俺は、彼女に用がありました」

あえてここは胸を張る。左手の親指で、後ろに立つリリスを指差す。

強さこそを尊ぶサルバトーレ公爵家の当主なら、ビクビク怯《おび》えるより遥《はる》かに好ましいだろ？

俺の予想通り、ルキウスの視線が俺を通り過ぎて背後のリリスへ移る。しばしの沈黙と、珍しい驚愕《きょうがく》を得て——最後にルキウスは笑った。

「はは……ははは！　よもや荒神の封印を解いたのか？　何も知らぬはずのお前がどうやって？」

ただ笑ってるだけなのに、気持ち悪いくらいの圧が俺の双肩《そうけん》にかかる。今にも押し潰されそうだ。

「くっ！」

ギリギリ耐える。というより、これも一種のテストだろう。俺が簡単に気絶する程度の人間かどうか、ルキウスは測ってるに違いない。

大量の汗をかきながらも、俺はどうにかルキウスの圧を耐えきった。小鹿のように膝は震えているが、一度たりとも床に突いてはいない。近くにいたカムレンは、すでに四《よ》つん這《ば》いだ。

「さあ、答えろ。我が末の息子よ」

「……リリスが、解除の方法を知っていました」

最初からルキウスに訊《き》かれることを承知の上で、予《あらかじ》め俺は返事を考えておいた。

俺では知りえることは不可能でも、当事者であるリリスなら違う。

「荒神がお前に教えたと」

「はい」

疑われないように俺は即答する。わずかな迷いすら捨てろ。それはノイズにしかならない。

「……そうか。過去の当主がリリスに漏らしたようだな」

そう言って、ルキウスはジッと俺の顔を見つめる。心を見透かされているようで不愉快だ。

しかし、態度に出せば最悪殺されてしまうかもしれない。気丈に振る舞う。

いったいどれほどの時間が流れたのか。一分にも思えるし、数秒の出来事だった気もする。

早く時間よ流れろ、と念じる度に俺の思考は加速し、現実は遅くなる。

息が詰まる窮屈さに喉を絞め付けられながらも、俺はルキウスの返答を待った。無言を貫き、視線を送る。

やがて……、

「いいだろう。荒神はお前を選んだ。封印を解いた今でも暴れていない。それに何か意味があるのなら、好きにやってみるといい」

ルキウスはそう言って踵《きびす》を返《かえ》した。余計な詮索など一切せずに立ち去っていく。

その後ろ姿が見えなくなるまで、俺とカムレンは一歩たりとも動けない。気配が消えてようやく、

「――ふううう！」

盛大に息を吐いた。全身の疲労が共に抜けていく。

「今代のサルバトーレ公爵からは、相変わらず研ぎ澄まされたオーラと気配を感じるわね」

「そうなのか？　まあ……ただ者じゃないって意見には同意する。死ぬかと思った」

食事の時は平気だったが、いざ正面から目を合わせて喋《しゃべ》るとなると、半端《はんぱ》ない圧だ。心臓が幾つあっても足りないな。

けど、最大の懸念《けねん》点であった父を説得できた。我ながら、命を懸けた博打《ばくち》だな。あそこで父が、「リリスは私のものだ」と怒り狂っていたら、確実に俺は殺されていた。

リリスの契約の条件が重くて助かったな。

「クソッ！　クソオオオオ！」

噴き出した汗を袖で拭っていると、四《よ》つん這《ば》いになっていたカムレンが立ち上がり、獣のように吠《ほ》えた。青い瞳がじろりと俺を捉える。

「何でお父様はお前をッ！　末っ子のくせに！」

ふむ。あの様子だと、カムレンは俺がルキウスに期待されたか、甘やかされてると判断したようだ。何とも言えないな。

「さっき自分で言ってただろ？　もう忘れたのか、兄さん」

「何のことだ！」

「俺は兄さんより優秀なんだ、父上が目をかけてくれる理由は明白でしょ」

「ルカ……お前ええええええ！」

これまでの努力を否定されたカムレンが、血走る目を限界まで見開いて声を荒らげる。姿勢を低くし、今にも突っ込んできそうだった。

サルバトーレ公爵家の人間にとって、努力を否定されるのは、人生を否定されるも同然。とはいえ、カムレンはまだまだ子供だな。短気すぎる。

やれやれと俺は、首を左右に振ってから右手を前に突き出した。

「止まれ、兄さん。ここで殴り合ってもつまらない。どうせやるなら、剣で勝敗をつけよう。明日、訓練場で一騎打ちだ」

「は？　俺とお前が……一騎打ち？」

「不服か？　怖かったら断ってくれてもいいぞ」

「ッ！　いいだろう。お前のその傲慢さを叩《たた》き潰して、二度と生意気な口を利《き》けないようにしてやる‼」

鬼のような形相でそう吐き捨てると、奥歯をギチギチと噛《か》みしめながらカムレンは振り返る。怒りが収まらないまま、来た道を戻っていった。その背中を見送り、俺はくすりと小さく笑う。

「クク……ここまで扱いやすいと、逆に申し訳ないな」

精々カムレンには、俺の踏み台になってもらおう。きっと明日は大騒ぎだ。なんせ俺が――。

「ねぇ、ルカ。話はもう終わったの？　さっさと私の部屋に案内してくれない」

くいくいっと後ろから服を引っ張られる。いいところだったのに……少しはカッコつけさせてくれよ。

「リリス……お前、空気が読めないと言われたことはないか？」

「はぁ？　なんでルカが知っているのよ」

「誰だって分かる」

ため息を一つ零《こぼ》し、俺は頭上に疑問符を浮かべるリリスを置いて歩き出した。遅れて彼女が俺を追いかけてくる。

「そうだ、お前、人間と同じ物は食べられるのか？」

「問題ないわ。人間の食事は美味《おい》しいから割と好きね」

「前はどうやって食べていたんだよ……」

「もちろん略奪よ！」

「さいで」

神である彼女に食事は必要ないはずだ。つまり娯楽。終わってるな、この神様。世も末だ。

▼△▼

リリスを連れて自室に戻った俺は、彼女に隣室と食事を与えた。

隣室は元から誰も使っていない。いわゆる空き部屋だ。急いで使用人たちに掃除させ、食事は直接部屋に運び込ませた。

別にリリスを伴ってダイニングルームへ行ってもよかったが、余計な喧嘩《けんか》を売られたり、余計な情報を喋《しゃべ》られても困る。それに、ダイニングルームは空気が悪くて苦手だ。あんな所で食事を取っても飯が不味《まず》くなる。

そういう理由もあって、大量の料理を部屋に運ばせたあと、リリスと共に食事を済ませた。

彼女は公爵家の料理が気に入ったのか、しきりに、

「これ凄《すご》く美味《おい》しいわ！　ルカ！」

と目を輝かせながら俺に報告していた。もはや神の威厳も面影もない。ただの年頃の少女である。

「ふう～……満腹満腹」

食後、リリスが遠慮なく俺のベッドに転がる。腹をさすりながら幸せそうに笑ってる。

「人のベッドでくつろぐな。というかさっさと風呂《ふろ》に入ってこい」

「風呂《ふろ》？　この家には風呂《ふろ》があるの？」

勢いよくリリスが起き上がった。

「ウチは公爵家だからな、そりゃあ風呂《ふろ》の一つや二つくらいある」

「おお！　初めてルカと契約していいと思えたわ！　いや、食事も美味《おい》しかったから二度ね」

「俺の価値は飯と風呂《ふろ》だけかよ」

このクソ生意気なガキ、略してクソガキ。浴槽に沈めてやろうか？

「当然でしょ。まだ契約したばかりでルカのことは何も知らないし。私に証明してみせて。自分の価値を」

分かりやすくて嫌いじゃない。

「へいへい。いいから風呂《ふろ》に入れ。行くぞ」

リリスの首根っこを摑《つか》んで引《ひ》き摺《ず》っていく。

「なぁ!?　私を猫みたいに扱うなぁ！」

ジタバタとリリスが暴れる。だが、本気で嫌がってはいないのか、俺の拘束から抜け出そうとはしない。面倒臭がって途中で諦める。不満そうにしながらも、俺に連行されていった。

風呂《ふろ》場に到着する。

サルバトーレ公爵家の風呂《ふろ》は広い。ローマみたいな石造りの浴場だ。およそ二十メートルほど地面を掘り返し、深さは一メートルくらいか？　前世の浴槽が玩具か何かに見えるな。

そして土が露出してる部分にブロック状の石を並べ、深さを五十センチまで、座っても溺れないよう調整してから、最後に隙間をモルタルで接着し綺麗《きれい》に整えている。

俺が知る現代の浴室と違って、シャワーや蛇口のようなものこそ無いが、荘厳《そうごん》さと広さが売りだ。

「ほら、湯は張ってあるから好きに使──」

言い切る前に、すぽーんとリリスは服を脱いだ。何の恥ずかしげもなく裸になる。

「悪くないわね！　人間の用意した風呂《ふろ》に入るのは初めてよ！」

「お前なぁ……」

咄嗟《とっさ》に視線を横にずらしたが、時すでに遅し。いろいろ見えてしまった。俺は悪くない。不可抗力というやつだ。

「なにボサッとしているの？　早くルカも服を脱ぎなさい」

「なんで俺がお前と一緒に風呂《ふろ》に入らなきゃいけないんだ」

「ルカがいないと風呂《ふろ》の入り方が分からないでしょ」

「……確かに」

言われてみればその通りだった。

クソッ！　少し前の俺！　なぜリリスに風呂《ふろ》に入れと言ったんだ。別にリリスが臭い分には構わなかっただろうに。

適当に、メイドにでも頼もうかと俺が踵《きびす》を返《かえ》すと、それを察知したリリスが俺の腕を摑《つか》んだ。ぐいっと引っ張られる。

「おわッ⁉」

想定外の展開に、俺は反応が遅れて浴場に足を踏み入れてしまった。肌を一ミリたりとも隠そうとしないリリスが、俺のほうを向いて告げる。

「さあささあ！　観念して私に使い方を教えなさい！」

その堂々たる姿に、俺は呆《あき》れる。

「せめて服を脱がせてからにしろよ……」

「じゃあ脱いで」

「断る。メイドを寄越すから、そいつにでも聞け」

俺はリリスの手を振り払い、浴場からさっさと立ち去った。いくら肉体年齢が五歳とはいえ、精神年齢は高校生くらいだ。前世の自分と肉体年齢の近いリリスの裸を見て、冷静ではいられない。

熱くなった顔を冷ましながら、声を張ってメイドを呼び出す。手間のかかる女だ……。

▼△▼

ハプニングが起きた翌日。

訓練場に俺とカムレン、それに審判役としてサイラスの三人が集まる。

「あ、あの┃……これはどういう状況でしょうか？」

まだ何も伝えられていないサイラスが、俺とカムレンの顔を交互に見比べながら困惑していた。

「どうも何も、普段は顔を合わせない俺と兄さんが揃《そろ》ったら、やるべきことは一つしかないだろ？」

「まさか……決闘をなさるおつもりですか⁉」

「正解」

あんぐりと口を開けるサイラスに、俺はニッコリ笑って答えた。

「いけません、ルカ様！　一人前になってからじゃないと……」

「それは殺し合いのル┃ルだ。模擬戦には適用されない」

「しかし……」

「何度も言わせるな。それともお前は、カムレン兄さんに退けと言うのか？　めちゃくちゃ怒ってるぞ」

「何をしたんですか、ルカ様」

「何も。あいつが俺を気に入らないだけさ」

俺の前方、五メートルほど離れた位置に、カムレンが立っている。右手には木剣を握り締め、やる気満々だ。ここで止めたら禍根を残すことになる。

「お前たち何をやっている！　さっさと準備しろ！」

「ほらな？　ああ言ってるぞ」

「………………」

「安心しろ、サイラス。俺は負けないよ」

いつまでも煮え切らないサイラスの体を押す。離れろ、という俺の意図を察し、サイラスは渋々訓練場の中央、俺とカムレンの間に移動する。

「お二人共……くれぐれも相手を殺さないように注意してください。もしもの時は私が止めます」

「構わない」

「始めろ。絶対にぶち殺す！」

いや、殺しちゃダメだろ。話を聞いてたのか？

殺意ましましのカムレンを見て、サイラスがまた俺を心配する。だが、その心配は杞憂《きゆう》だ。

確かに純粋な身体能力と剣術は、まだカムレンのほうが上かもしれない。少なくとも身体能力は、年上のカムレンに分がある。

しかし、俺は腕力の差を補う術を持ってる。今回ばかりはカムレンの身を案じるべきだな。

「では……試合、開始！」

サイラスが、上げた手を振り下ろした。それを合図にカムレンが突っ込んでくる。素直な奴《やつ》だ。

「はあああ！」

俺の耳に、カムレンの咆哮《ほうこう》が響く。

カムレンは木剣を上段で構え、強烈な一撃を落とす。狙いは俺の頭部。喰《く》らえば致命傷じゃねぇか。

咄嗟《とっさ》に、木剣を横に倒してカムレンの攻撃をガード。木材同士が奏《かな》でる甲高い音が鳴った。

「なっ⁉　俺の攻撃を受け止めただと⁉」

完璧に衝撃が吸収され、カムレンが大袈裟《おおげさ》に驚く。

「まだ始まったばかりだぞ？　驚くには早い！」

相手の木剣を無理やり弾く。

今度はこちらの番だ。カムレンの剣を下から薙《な》ぐように打ち払った。カツンッ！　という小さな音が響き、わずかにカムレンの体が後ろへ反る。

まさか腕力で負けるとは思ってもいなかったのか、先ほどまでの怒り顔が嘘《うそ》のように消えた。スローモーションの中、ただジッと俺の姿を見つめている。瞳には、「ありえない」という感情が宿っていた。

驚愕《きょうがく》で体を動かせていない。集中力も霧散している。これでは、次の一撃は防げない。

意外とあっけなく終わるな。そう思いながらも、俺は攻撃の手を緩めずに木剣をカムレンの脇腹へ叩《たた》き込む。

「——そこまで」

俺の木剣がカムレンの脇腹へ当たる直前、凄《すさ》まじい速度で俺とカムレンの間に一つの影が割って入った。影の正体はサイラスだ。木剣にオーラを纏《まと》わせて、俺の一撃を防ぐ。ミシミシと木剣の軋《きし》む嫌な音が聞こえた。

「ルカ様……カムレン様を殺すおつもりですか？」

普段とは違う、サイラスの真面目な声と顔。それを正面から受け止めて俺は言った。

「殺す気はなかったよ。肋骨《ろっこつ》の数本くらい、サルバトーレの人間なら余裕だろ？」

「本当に骨折で済んだかどうか、怪しいところですがね」

俺もサイラスも木剣を下ろし、能力を解除した。

「それにしても、信じられません……ルカ様はすでにオーラを体得していたんですね」

「オ……オーラ？」

俺ではなく、最初に反応したのは、サイラスに守られているカムレンだった。信じられないものを見るかのように汗を滲《にじ》ませる。

「ルカが……オーラを使ったとでも言うのか？」

「断言はできませんが、似た能力は使用されていましたね」

さすが現役の騎士。俺の体から漏れたわずかなエネルギーの反応を捉えたようだ。それに対して、カムレンは大きな声を上げる。

「ふざっ……ふざけんな！　そんなの不可能に決まってるだろ⁉　初代サルバトーレ公爵ですら、オーラを覚醒させたのは八歳の頃だぞ！　それより三年も早いなんて……」

「事実、カムレン様は圧倒された。強化系の能力が無いと不可能です」

そう。普通なら年上の、俺より早く体を鍛えているカムレンの腕力に勝てるはずがない。けれどマテリアを使ったことで、カムレンの剣は俺に押し負けた。純然たる事実だ。

それが分かっていながら、カムレンは「でも」だの「けど」だのブツブツなんか言ってる。認められない気持ちは察するが、怒りをこちらにぶつけられても困る。例えリリスから与えられた力だとしても、これはもう俺のものだ。誰にも文句は言わせない。

「勝者はルカ様です。諦めてください、カムレン様」

「俺はまだ負けてない！　お前が邪魔さえしなければ……！」

サイラスに捕まっているカムレンがジタバタと暴れる。我ながらみっともない兄だ。

俺はわざとらしく笑ってカムレンに告げた。普段から見下されている腹いせと言わんばかりに。

「冷静になれよ、兄さん。せっかくサイラスが、危ないところを守ってくれたんだからさ」

つまり、サイラスがいなかったらお前は終わってたんだぞ？

俺の言葉を正しく解釈してくれたのか、カムレンの怒りが頂点に達する。

「ルカアアアアア！」

これまでにないほど強い怒りを見せるカムレンを放置して、俺は早々に訓練場から退散していった。


あー……最高に気分がいい。

▼△▼

その日の昼、サルバトーレ公爵家に激震が走る。

「……なに？　ルカがオーラを覚醒させ、カムレンを一蹴した？」

書斎で書類仕事に追われていたルキウス・サルバトーレの耳に、面白い話が入ってきた。情報提供者は専属の執事である。

「はい。剣術指南役のサイラス様が、オーラに似た力を感じたと」

「ククク……そうか。ルカはあの力を得たのか。やはり荒神に選ばれるだけはあるな」

ルキウスは、先代サルバトーレ公爵——つまり実の父親から聞いた。これまで多くの当主が、封印されたリリスのとある力を引き出そうとして、失敗したという話を。

成功したのはルカだけだ。ルカだけが、永い歴史の中で唯一、荒神のリリスを解放し従えている。

「何かあるな……」

「何か？」

ルキウスの呟《つぶや》きに、老齢の男性執事は頭上に「？」を浮かべる。

「ルカには何かがある」

サイラスから挙がってきた剣術とマテリアの才能。

荒神リリスの封印を解除した知識と発想。

荒神リリスが大人しく従ってる理由。

「ひょっとすると、ルカこそがサルバトーレ公爵家の次期当主になるやもしれん」

「ルカ様が⁉」

執事はぎょっとした。いくらルカに才能があるとはいえ、まだルカは五歳。他にも才能ある兄姉《きょうだい》は大勢いて、特にノルン・サルバトーレはルキウスが贔屓《ひいき》するほどの天才だ。

そんな彼女を差し置いて、末っ子のルカが当主になるなどと、執事には想像すらできなかった。だが、ルキウスにはその未来が視《み》えている。おぼろげながらも。

――新しい時代の幕開け。

ふと、執事はそんな言葉を予感する。根拠はない。

「ひとまず、ルカには能力を教える者が必要になる……ん？」

ルキウスの言葉を遮って、書斎の扉がノックされた。廊下側から女性の声が飛んでくる。

「お父様、少々よろしいでしょうか」

「ノルンか。どうした」

「失礼します」

名前を呼ばれたノルンは、入室許可をもらったと判断し、ドアノブを捻《ひね》って書斎に入る。腰まで伸びた美しい黒髪が、彼女の歩みに合わせてかすかに左右へ揺れた。柘榴《ざくろ》の如《ごと》き朱色の瞳が、真《ま》っ直《す》ぐにルキウスへ向けられている。

ノルンはルキウスが使っているテーブルの前で歩みを止めると、恭《うやうや》しく頭を下げた。口角を上げ、上品に挨拶する。

「こんばんは、お父様。突然の訪問、申し訳ございません」

「構わん。お前なら許す」

「ありがとうございます」

ノルンはお礼を言ってから頭を上げた。再び、透明感のあるノルンの瞳が、ルキウスの瞳とぶつかる。

「それより何の用だ？　お前がわざわざ自分から書斎に来るのは珍しいな」

「ルカのことです」

「ルカ？　……お前も話を耳にしたのか」

「はい。何でも、最年少でオーラを覚醒させたとか」

「似ているが、オーラとは異なる力だ。カムレンの奴《やつ》がやられた」

「カムレン？　そんな人、ウチにいます？」

平然とノルンは言った。心底不思議そうな顔で。

「覚えていないか……まあ無理もない。今のところカムレンの才能は、中の上といったところだ」

「なるほど。でしたら、私《わたくし》の記憶に留《とど》めておく価値もありませんね。その何とかという人の話は置いといて……ルカについて、相談があります」

もうノルンはカムレンのことを忘れてしまった。彼女にとって、最上級の才能を持たない者は等しくゴミか虫、もしくは石ころだ。誰も路上に落ちてる石ころの名前なんて気にしない。そもそも石ころに名前はいらない。だから、名前を憶《おぼ》えない。

まさに才能至上主義を掲げるサルバトーレ公爵家を象徴するかのようなノルンの態度に、父親であるルキウスは機嫌がよくなる。

「ルカについての相談だと？　何が言いたい」

笑みを浮かべたままノルンは——私にください」

笑みを浮かべたままノルンはハッキリとそう言った。

「具体的には？」

ルキウスは大して動揺しなかった。まるで彼女が何を言うのか、予《あらかじ》め予想していたかのように。

「剣術と能力、どちらも私が教えます」

「剣術はともかく、能力もか？　ルカが得た力は、オーラとは違うぞ」

「似た能力なんでしょう？　それなら、オーラと同じように教えられるかもしれません。それに、サイラス程度に任せていては、ルカの才能を潰しかねない。お父様か私が教えるべきだと進言します」

「自分でなくともいいと」

「ルカが強くなれるなら、こだわりはありません。ただ……お父様はお忙しいですからね、私が無難かと」

「ハッ！　最初から席を譲る気はないな」

相変わらずノルンという女は面白い。そうルキウスは思った。

自分の地位を脅《おびや》かすルカに対して、彼女は強くなれと言う。自分以上の才能があるなら、遠慮なく自分を蹴落とし、武の頂へ手を伸ばせと。

サルバトーレ公爵家が一番になればいい。例えその役目が自分でなくとも——。

「いいだろう。ルカはお前に任せる」

本当に彼女は自分によく似ている。ルキウスもまた、ノルンと同じことを考えていた。ルカこそが、一族の悲願を叶《かな》えてくれる存在かもしれない、と。

「ありがとうございます、お父様」

話は終わりだと言わんばかりに、ノルンは踵《きびす》を返《かえ》した。実の父親と歓談する気はないらしい。

ルキウスもノルンを引き止めるような真似《まね》はしない。書類仕事に戻り、パタン、と書斎の扉が開いた。ノルンが退室する。

「さて……ルカはどう成長するのか」

ペンを走らせながら、ルキウスが口端を持ち上げて笑った。

二章：サバイバル

鳥の羽ばたきの音で目を覚ます。

外は朝。陽光がかすかにカーテンを貫いて、部屋を明るく照らしていた。掛け布団《かぶとん》をずらし、上体を起こすと、

「ん……んん……」

俺の左腕に強い違和感。次いで、何か柔らかいものが当たっている。視線を斜め左下に落とす。俺の隣には……なぜか全裸のリリスが寝転んでた。

「……何やってんだ、こいつ」

先ほど感じた強い違和感は、リリスに左腕をホールドされていたからだ。柔らかい感触も、リリスの胸。今もぎゅっと抱き締められてる。

「荒神も、服を着ていると寝苦しいとかあるのか？」

一瞬、沸騰しかけた思考を理性で抑えつける。

俺の肉体年齢はまだ五歳。冷静に、落ち着いて状況を把握する。

昨日、俺は確かに、寝る前にリリスと別れたはずだ。彼女の部屋は隣。扉を開けて出ていく

瞬間を憶《おぼ》えている。しかし、朝起きたらこれだ。服は無いし、人の腕を抱き枕代わりに使っているし、俺が気付かない間に部屋に侵入しているし。

「ハァ」

やれやれと首を左右に振った。

もう考えるのは止めだ。めんどくせぇ。ひとまず彼女を引き剝がして——。

「ん——……んっ！」

「ガッ⁉　いだだだだ！　おいこら！　テメェ、五歳児の腕を本気でホールドしてんじゃ——うおおおお⁉　折れるううう⁉」

あろうことかリリスは、寝ぼけているのか、俺の腕を本気で絞めつけてきた。俺は五歳。リリスは、少なくとも肉体年齢が十代後半。力を失ってるくせに割と馬鹿力だ。鍛えた俺の筋肉と骨が、ミシミシと悲鳴を上げる。

「この……クソ神！」

俺は咄嗟《とっさ》にマテリアを纏《まと》い、左腕を全力で振った。ぴょーんっとリリスが正面に吹っ飛び、部屋の壁に激突して床に落ちる。

「いっ……！　何するのよ！」

顔をぶつけたリリスが即座に起き上がる。鼻を打ったのか、彼女の鼻先がわずかに赤くなっていた。眉間にシワを作り、右手の指で自らの鼻を優しく撫《な》でる。若干涙声だったのは、それだけ痛かったということか。

「お前が俺の腕を思い切り絞めつけるからだろうが！　折れるところだったわ！」

なに被害者ぶってんだこら！　と俺も声を上げる。だが、リリスはそっぽを向いて、納得できないと言わんばかりに呟《つぶや》いた。

「ふんっ、知らないわよ。ルカの体は抱き枕代わりにちょうどいいの。それに、多少折れても平気よ。マテリアがあるでしょ」

「マテリアはそんな万能な力じゃねぇ」

少なくとも俺が扱えるエネルギー量では、骨折を治療するのは不可能だ。ノルン姉さんや他の兄姉《きょうだい》なら、自然治癒能力を強化できるオーラで骨折も治せるだろう。しかし、本来その手の治癒は、《祈禱《きとう》》と呼ばれる神聖な力を用いる。

祈禱《きとう》は、治癒や回復を司《つかさど》る力。残念ながら今の俺では使えない。適性があるかどうかも分からない。

兄姉《きょうだい》の中には、祈禱《きとう》を扱える者もいるが、ライバルと言える俺の怪我《けが》を治してくれるかどうかは、正直、怪しいとかいうレベルじゃない。俺なら絶対に治さない自信がある。ゆえに、無駄な傷など負っていられるか。

「マテリアは万能よ！　ルカの練度が低いのが悪い！」

「だったらさっさとマテリアの使い方を教えろ！　この邪神！」

「はぁ⁉　今、私のことを邪神と言った⁉　荒神はいいけど邪神はダメよ！」

「似たようなもんだろ」

「全然違うわ！　邪神はなんていうか……不愉快なの！」

なんだそれ。聞いておいてなんだが、リリスの言ってることは一ミリも理解できなかった。

「撤回して！」

と喚《わめ》くリリスを無視して、俺は深いため息を漏らした。朝から頭痛がする……。

片手で頭を押さえながら掛《か》け布団《ぶとん》を剝がす。ベッドから下りると、そのタイミングで部屋の扉がノックされた。

「ルカ様、おはようございます。ご起床なされているでしょうか？」

扉越しに聞こえてきた声は、俺の専属メイドのものだった。

「ああ、起きてる」

「ではお着替えのあと、ダイニングルームへ。旦那様と――ノルン様がお呼びです」

「え？　ノルン姉さんもいるのか？」

俺は言外に、「珍しい」という意味を込めて返事した。

ノルン・サルバトーレ。

現在のサルバトーレ公爵家でも、当主を除いて最強と目されている女性だ。ルキウスと同じく、十歳にしてオーラを覚醒させている。一回り以上年上の指南役たちですら、幼いノルン姉さんには勝てない。それだけ彼女は特別だ。

けど、ノルン姉さんは普段、めったに人前に姿を見せない。訓練場などに籠もっている。転生して半年は経《た》つが、いまだに、一度も朝食を一緒に取ったことはない。にもかかわらず、彼女のほうから声をかけてくるとは。

いったい、何の用だ？

「ダイニングルームには、旦那様とノルン様のお二人がいらっしゃいます。大事な話があると」

「大事な話、ね」

ここで考えてもしょうがないな。俺は服を着替えて部屋を出る。当然、リリスも一緒だ。メイドを従えて三人でダイニングルームを目指す。

▼△▼

コツコツと靴音を鳴らしながら、ダイニングルームへ入った。

メイドの言う通り、横長のテーブル席には、二人の男女が座っている。片方は、俺と同じ黒髪の女性。腰まで伸びた美しい直毛に、常に貼りついた不敵な笑みが特徴的だ。総じて綺麗《きれい》だと思う。恐ろしく整った美貌とは、彼女——ノルン・サルバトーレのこと。

そんなノルン姉さんが、フォークとナイフを手にしたまま、ちらりと俺に視線を向けた。俺とそっくりな、唐紅《からくれない》色の瞳が怪しく輝いている。

「来たか、ルカ。座れ」

低い、それでいて威厳に満ちたルキウスの声が小さく響く。決して大きな声ではない。むしろ、普通の声量だった。しかし、静寂に包まれるダイニングルームの中ではよく通る。

「分かりました」

俺は命じられた通りに、一番近くの席に座る。ちょうどノルン姉さんの正面だ。

「わざわざお前をここに呼んだのは、家族団欒《だんらん》で食事を取るためではない。今後の鍛錬に関する話をする」

「鍛錬の？」

飾り気の無い言葉をルキウスが並べる。単刀直入って感じだな。

「まず、今日からお前の剣術、ならびに能力の指南役が変わる」

「誰がサイラスの代わりを？」

「私《わたくし》です」

俺とルキウスの会話を見守っていたノルン姉さんが、食器をテーブルに置いて答えた。

「ノ……ノルン姉さんが？」

予想外の提案に、俺は目を点に変えた。

「はい。サイラスのような凡人に、ルカの教育は任せられません。他の者も論外です」

「でも、姉さんには姉さんの鍛錬があるんじゃ」

「ご安心を。自分の鍛錬を疎《おろそ》かにしたりしません。私がルカを育てたいのです」

理解できない。サルバトーレ公爵家の人間が、自分より誰かを優先するだなんて……。

困惑する俺に、ノルン姉さんはくすりと笑った。

「ふふ。理解できないご様子ですね、ルカ」

「え、あ……」

図星だった。

「確かに我々サルバトーレ公爵家の人間は、自分こそが最強であると証明するために生きています。私もかつてはそうでした」

「今は違うと？」

「はい。今の私には視《み》えます。ルカこそがサルバトーレ公爵家を継ぐに値すると。ルカならば、初代当主すら超える剣士になれると」

「なんでそこまで期待されているのか、俺には分からないな」

ルキウスが口を挟まないということは、ルキウス自身も、ノルン姉さんの意見に共感しているということ。ますます理解できない。

「ルカは五歳で能力を覚醒させた。この事実は、永いサルバトーレ公爵家の歴史でも初めてのこと。最も偉大とされる初代当主ですら、八歳。ルカは、数百年に一度の神童ということになります」

「それは……」

喉元まで反論が出かかった。俺が五歳にして能力を発現させられたのは、全て俺の隣に座るリリスのおかげだ。彼女がいなかったら、俺は天才と呼ばれてはいなかっただろう。

「私もお父様も決めたんです。ルカに投資しようと。サイラスから挙がってきた剣術の情報も、私たちの意志を肯定するもの。ルカには何かがあります。私たちとは違う、何かが」

リリスのことだ。彼女がいることで、俺は注目されている。

ノルン姉さんもリリスを知っているのか？　今のところ、一緒に入ってきたリリスには一切目を向けていないが。そう思った俺をあざ笑うかのように、ノルン姉さんの視線がリリスに移った。

「……しかし、私には一つだけ不満があります」

急にノルン姉さんの声色が冷たくなる。表情も微笑から真顔に変わった。いや、目付きだけは鋭い。剣呑《けんのん》な眼差《まなざ》しでリリスを睨《にら》んでいる。

「ルカがダイニングルームへ入って来た時からずっと気になっていましたが……隣の女は誰ですか？」

「ん？　私のこと？」

運ばれてきた料理に瞳を輝かせていたリリスが、ノルン姉さんに話しかけられて顔を上げる。

二人の間に神妙な空気が流れた。

「私はリリス。荒神のリリスよ。あなたは強そうだから、特別に、名前を呼んでも構わないわ」

「羽虫が」

ボソッと、今まで聞いたこともないような低い声が、ノルン姉さんの口から零《こぼ》れた。

え？　今のノルン姉さん……だよな？　確証はない。が、この場に女性はノルン姉さんとリリス、それにメイドしかいない。消去法的に、やっぱり姉さんの声だった。

「神だかなんだか知りませんが、ルカに不必要な存在は私が消します。ここで死ね」

椅子から立ち上がったノルン姉さん。殺気を放ちながら剣を抜く。スムーズに、滑らかにオーラを纏《まと》って、

「止めろ、ノルン」

攻撃する前にルキウスに止められた。だが、ノルン姉さんは止まらない。当主の言葉を無視して床を蹴る——前に、

「落ち着いてください、ノルン様」

三人もの使用人に囲まれる。使用人たちはそれぞれ剣をノルン姉さんに突き付けていた。

「あら……あらあら」

ノルン姉さんはそんな状況でも笑う。クツクツと喉を鳴らしながら口角をどんどん吊《つ》り上《あ》げていく。不気味だ。

「あなたたちのような雑魚《ざこ》が、私を止められると思っているのですか？」

ダメだな。彼女は使用人たちを殺す気満々だ。三対一とはいえ、ノルン姉さんほどの使い手なら問題ない。

「何度も同じことを言わせるな、ノルン」

緊迫した空気を、ルキウスの声が切り裂く。ぴくりとノルン姉さんの肩が跳ねた。俺も体が小刻みに震えている。

ルキウスの殺気だ。ノルン姉さんを止めるために、凄《すさ》まじい殺気が放たれた。さすがのノルン姉さんも、ルキウスには勝てない。残念そうに肩をすくめると、大人しく剣を鞘《さや》に収める。周りを囲んでいた使用人たちが、明らかに安堵《あんど》していた。

「お前たちは出ていけ。邪魔だ」

ノルン姉さんが止まったのを見て、ルキウスがひらひらと右手を振る。使用人たちが一斉にダイニングルームから姿を消した。その後、ルキウスが会話を続ける。

「ルカの隣にいる女は、我が家が封じてきた荒神のリリス。東方で《鬼》と呼ばれた存在だ」

「荒神の……リリス？」

何を馬鹿な、とノルン姉さんが鼻で笑う。リリスが神であることを否定したいわけじゃないだろう。見たとこ、「こんなちんちくりんが神様なんて、東方の地は終わっていますね」とでも言いたげだ。むっとリリスが顔をしかめる。

「何か私に言いたいことでもあるのかしら？　クソ女」

「いえいえ、ルカに面倒な害虫――神様がへばり付いたものだなぁと」

「頭のおかしい女より遥《はる》かにマシだと思うけど？」

「あ？」

「あぁん？」

リリスとノルン姉さんがバチバチに睨《にら》み合《あ》う。空気がぴりぴりと張り詰める。

意外なことに、リリスとノルン姉さんは相性が悪かった。リリスのことだから、強者はみんな大好きなのかと思ってた。

「それくらいにしておけ。話は終わりだ」

いつの間に料理を平らげたのか、ルキウスはそう言って席を立った。ダイニングルームから出ていく。その背中を見送り、俺は改めてノルン姉さんに伝える。

「ノルン姉さん」

「？　何でしょう、ルカ」

「これから、よろしくお願いします」

格上には敬意を払う。これもサルバトーレ公爵家の人間なら当然だ。

頭を下げる俺に、ノルン姉さんは答えた。

「はい。ルカを大陸最強の剣士に育てあげますとも」

▼△▼

朝食のあと、ノルン姉さんと共に訓練場へ足を運ぶ。

道中、ノルン姉さんとリリスがまた喧嘩《けんか》を始めて、止めるのに苦労した。二人は火と油らしい。近くに置いておくとすぐ燃え上がる。

「ルカ、まずは剣術の訓練を始めます。ウォーミングアップがてら、私と剣を交えましょうか」

訓練場の中央に移動し、俺とノルン姉さんが木剣を構える。サイラスとの訓練でも、打ち合いはよくやった。五歳児相手だから、きっとノルン姉さんもほどほどに手加減してくれるはずだ。そう思って俺は、ノルン姉さんに斬り込む。すると、

「かはッ!?」

一瞬にして吹き飛ばされた。腹に木剣がめり込み、視界が切り替わる。次いで、背中に強烈な痛みを感じた。

気付いた時には倒れていた。口から血が出る。前も後ろも激痛が走った。

「立ちなさい、ルカ。まだ一撃しか与えていませんよ？」

「ね……姉さん……」

嘘《うそ》だろ、おい。

自分が何をされたのか、遅れて気付く。

ノルン姉さんは、容赦なく木剣を俺の腹部に打ち込んだ。割と本気で殴られたのか、血は出てるし、たぶん骨も折れてる。少し動くだけでも激痛だ。

信じられない。いくらサルバトーレ公爵家が異常者の集まりだとしても、五歳の子供を相手に本気で殴るとかありかよ。下手したら死んでたぞ？

「さあ、早く立って。そのままでは——死にますよ？」

「ッ！」

ノルン姉さんから殺気を感じた。慌てて俺は立ち上がって後ろに体を引く。直後、目の前を木剣が通り過ぎていった。上から下へと振り下ろされた攻撃は、俺を殺すのに充分な威力。頭がおかしいとしか言えない。

どうやらノルン姉さんの教育は、命を懸けたスパルタ！

「いい反応です。その調子で避け続けてくださいね？　でも、たまには反撃もしなきゃ」

「無茶……言うッ！」

彼女の攻撃を捌《さば》き、躱《かわ》すので精一杯だ。これがウォーミングアップだと言うのだから、これから俺はどんな目に遭わされるんだろう。

諦める？　許してもらう？　泣いて謝る？　いっそ――死んで楽になる？

様々な考えが脳裏を過る。今も、暴風のようにノルン姉さんの剣が荒れ狂っているというのに、思考は冷静だった。

逃げられるはずがない。もう負け犬にはなりたくない。変わろうとしたかつての自分を否定するな。ここで変われなかったら、俺は一生負け犬だ！

追いつけ。追《お》い縋《すが》れ。諦めるな。殺せ。殺せ。殺せ！　醜い自分を殺して、不条理を跳ね飛ばして、一歩でも先へ。頂を目指せ！

目の前がチカチカする。過剰なストレスと不安、緊張感に脳が焼かれる。痛みを堪え、震える体を動かし、限界を超える。血を吐きながらも俺は必死に剣を振った。ノルン姉さんが俺を認めてくれるまで、俺は文字通り死に物狂いで戦った。


「ハァ……ハァ……ぐ、がはっ!!」

ノルン姉さんと刃を交えること一時間。

ごくごく短い間に、俺の体力は底をついた。地面に膝を突くことすらできず、口元を涎《よだれ》まみれにしながら転がる。大量の汗が地面の色を黒く染めていた。

「お疲れ様でした、ルカ」

ノルン姉さんが俺の目の前にやってくる。俺を一時間かけてボコボコにしたとは思えないほど姉さんはケロッとしていた。汗もほぼ掻《か》いていない。涼しげな表情でこちらを見下ろしている。

「ルカが想像以上に動けたので、私のほうも興が乗ってしまいました。謝罪します。動けますか？」

「む……無理……」

ゲロ吐きそうな気分で辛《かろ》うじて答える。

「まあ、そうでしょうね」

あっさりと姉さんは言葉を返し、膝を曲げて俺の頭に右手を伸ばす。何をするのかと肩がわずかに跳ねる。反射的に体は防御、ないし反撃を行おうとしたが、生憎《あいにく》そんな体力は残っていない。

内心、不安を抱きながらノルン姉さんの行動を注視していると……え？

俺の不安をよそに、ノルン姉さんはただ頭を優しく撫《な》でてくれた。髪を梳《す》くように、撫《な》でるように優しく。思わず目を見開く俺の前で、彼女は聖母の如《ごと》く微笑《ほほえ》んだ。

「自信を持ってください、ルカ。あなたは私の期待以上の才能を持っています。確信しました。ルカならば、私やお父様を超えて最強のサルバトーレになれると」

「……姉さんは、いいの？」

「私ですか？」

無意識に口から発せられた俺の問いに、ノルン姉さんは首を傾《かし》げる。

「姉さんだって、才能がある。最強にも、手が届くかもしれない」

「ふふ。そうですね……私も頂を夢見ました。手を伸ばせるだけの才能を持っていました。しかし、今はルカを育て上げることが私の存在理由。ルカこそが、サルバトーレ公爵家を体現する存在です。しいて言うなら、私は成長したルカと殺し合い、その末に――自分以上の天才を喰《く》らいたい」

俺と同じ、血のように赤いノルン姉さんの瞳が、肉食獣のようにギラギラと輝く。自分より強くなる、と言いながらも、負ける気はさらさらないらしい。むしろ、あの手この手で俺を倒し、自分こそが最強であることを証明しようとしているのでは？

反対に、俺に殺されても文句はない。最後に最高の瞬間を味わえるなら死んでもいい、と言っているようにも聞こえた。なんだか、どこまでもサルバトーレって感じだ。ドン引きだよ。

「そんなわけで、ルカは心配せず、慢心せずに育ってくださいね？　休憩終わりです」

「え？」

俺の頭から手を離したノルン姉さんが、軽やかな動作で立ち上がった。もの凄《すご》く嫌な予感がする。

「立ってください、ルカ。訓練の続きを行います。オーラの訓練を始めるまでは、まだ時間がたくさんありますからね」

「――――」

サァァアッと、俺の顔から血の気が引いた。もしかしたら俺は、今日、死ぬかもしれない。

▼△▼

自室のドアノブを捻《ひね》り、ゆっくり扉を開いて中に入る。

覚束《おぼつか》ない足取りで一歩一歩前に進みながら、最後にはベッドの上に倒れ込んだ。急激に疲労が襲いかかってくる。

「し……死ぬかと思った……」

ノルン姉さんの訓練が終わった。あのあと、俺は左腕の骨を折られてギブアップ。サルバトーレ公爵家に常駐している祈禱《きとう》使いの神官に骨折を治してもらったが、全身を蝕《むしば》む幻肢痛はなかなか消えない。

「ルカ、そのままだと寝落ちするわよ。いいの？　マテリアの復習をしなくて」

俺の意識が暗闇の底へ落ちかけた時、後ろから女性の――荒神リリスの声が聞こえてきて、現実に引き戻される。顔を上げて振り返ると、腕を組みながら「やれやれ、人間は脆弱《ぜいじゃく》ね」と呟《つぶや》いているリリスが立っていた。

彼女は俺の隣まで近付いてくると、わざとらしくドサッとベッドに体重を乗せる。リリスが起こした衝撃が、俺の体をわずかに持ち上げた。また布団《ふとん》に沈んでいくわけだが、おかげで少し目が覚めた。重い体を持ち上げて起き上がる。

「悪いな、リリス……ちゃんとやるよ」

「私の復讐《ふくしゅう》はルカの手にかかっているわ。いくらあの女が無茶な訓練を課そうと、凡人のように歩みを止めている暇はない。それが分かっているのならいいの」

ふふん、とリリスが小生意気に笑った。ムカつく顔だ。けど、言ってることは正しい。

「はいはい。それじゃあ始めるぞ」

座り直してから、俺は右手を上げる。今日、剣術の他にオーラの使い方もノルン姉さんから習った。それによると、リリスの異能《マテリア》は、本当にオーラと近しい性質を持っている。それは、効果だけじゃない。操作性まで似通っていた。

端的に言って、オーラと同じ要領でマテリアを操れる。簡単ではないが、決して姉さんに教わった知識は無駄ではない。

意識を集中させ、心臓を起点にマテリアを全身に広げていく。

「マテリアの放出と制御がまだまだ遅いけど、駆け出しにしては悪くないわね」

「そこは反復練習だな。ノルン姉さんもそう言ってた」

「私は最初からできたわよ。生まれながらに、マテリアとオーラの達人だったわ」

「一応、神様ってやつだからな」

「誰が一応よ！」

ぎゃー！　とリリスが怒る。殴りかかってくる彼女の頭に手を当てて、そのまま押し留めた。

マテリアがあるからか、あまり力を込めなくても楽勝だ。

リリスは悔しそうに唇を噛《か》む。

「ぐぬぬぬ！　私が与えたマテリアを使って私を止めるとは……！」

「これもまた、いい練習だな」

「ふざけんなー！　私は練習台じゃないわよ！　いいからさっさとマテリアの訓練に戻れ――！」

目の前でリリスが叫ぶものだから、耳がキンキンする。マテリアは肉体の強度だけじゃない、五感すらも強化してくれる。だから聴覚が発達していて逆にうるさい。

手を離し、言われた通りにマテリアの訓練に戻る。

剣術と違ってマテリアの訓練は痛くないが、剣術以上に難しい。ただ操るのと、意識して操るのとでは大きな違いがある。しかも、俺が学んでいる範囲は初歩の初歩。今は一秒でも早く強くなりたいっていうのに、道のりは遥《はる》か遠《とお》く。

だが、諦めず、焦《あせ》らず、一歩ずつ強くなっていこう。俺には才能があって、時間もたくさんあるのだから――。

▼△▼

三年後。

文字通り血を吐き、骨を折りながら訓練を続けた。

俺は八歳の誕生日を迎え、そこそこの実力を身に付けたと思う。少なくとも、一つ上の兄カムレン・サルバトーレに負けることは万に一つもない。そもそもオーラを発現させていないカムレンが相手では、ウォーミングアップにすらならないが。

そしてこれは最近気付いたことだが、たぶん、俺の性格も大きく変わった。

ノルン姉さんと二年は一緒にいた影響か、弱肉強食の意識が芽生えている。弱者は全てを奪われる——というのは、元弱者である俺の座右の銘ではあるが、選民意識に近い考えがより強まった。

かつて俺を虐《いじ》めて笑っていた連中となんら変わらない……いや、好んで虐《いじ》めを行っているわけでもないんだ、一緒にされては困るな。

そんなわけで、転生してから三年。俺はいろんな意味で変わった。

「誕生日おめでとう、ルカ」

乾いた拍手の音が部屋の中に響く。やる気のない拍手だった。

「少しは盛り上げようとは思わないのか？　リリス」

拍手をしているのは、三年前に封印を解除して契約を交わした荒神のリリス。

何を言ってるんだか、と彼女は嘲笑を浮かべた。

「盛り上げてほしいの？」

「別に。ただ、お前に祝われてもあんまり嬉《うれ》しくない」

「天邪鬼《あまのじゃく》ね。まあ、私もルカを喜ばせるために祝ってるわけじゃないからいいけど。催促よ」

「催促？」

「早く成長して、あの憎き神共を皆殺しにしろ、っていう」

「可愛《かわい》くねぇ……」

三年という時間を共に過ごしてきたが、いまだに俺はリリスという存在を理解できていなかった。向こうも俺を理解していない。否、理解しようとすらしていない。

俺も彼女も、損得勘定を前提に契約を交わした仲だ。友情や友愛なんて言葉から最も遠い。

いつかは、リリスとの契約もなんとかしなきゃいけない。そう思いながらため息を吐くと、部屋の扉がノックされた。

「ルカ様、旦那様がお呼びです」

「父が？　どこに行けばいい」

「書斎で待っていると」

聞こえてきたのはメイドの声。

珍しいな、ルキウスが俺を書斎に呼ぶなんて。三年の間に数えるほどしかなかった。不思議と面倒事の予感がする。だが、末っ子の俺に拒否する権利はない。自室に押し入られるのも嫌だし、俺は渋々ベッドから下りて部屋を出た。リリスを置いてルキウスがいる書斎へ向かう。

長い廊下を歩いて書斎の前に辿《たど》り着《つ》いた。

扉をノックすると、即座に「入れ」というルキウスの低い声が届く。確認もしないとは淡泊なルキウスらしいな。

扉を開けて入室。書斎にはルキウスとノルン、それにルキウスの専属執事の三人がいた。

「失礼します。何かご用件が？」

単刀直入を好む父に合わせて、俺も遠回しな言葉を避ける。

ルキウスはペンを走らせながら短く答えた。

「お前に、近日中に試練を課す」

「試練……え？　俺に、ですか？」

「お前以外に誰がいる」

「…………」

危ない。思わず大きな声で「はあああああ⁉」と叫びそうになった。

ルキウスが言ってる《試練》というのは、代々サルバトーレ公爵家の人間が行っている、鉱山でのサバイバル。一週間、魔物が蔓延《はびこ》る鉱山へ連れて行かれる。飲食物は全て、現地調達のみ。寝床も自分で探して確保しなきゃいけない。

しかし、この試練は本来、十二歳を超えた者にしか課されない。オーラを覚醒させた者にしか。

「ルカ、お前はすでに一人前の人間だ。剣術の腕はノルンが認めるほど。最近はオーラまで覚醒させている。試練を早める理由は分かるだろう？」

淡々とそう告げるルキウスに、俺は小さく頷《うなず》いた。

「はい……一秒も無駄にはできないと」

つい数ヶ月前、俺はマテリアの他にオーラも発現させた。マテリアを含めれば、俺は二つの能力を持っているということになる。ルキウスが急がせるのも理解できるが、それでもやはり早い。

「その通りだ」

「緊張しているのですか？　ルカ」

俺の顔を見たノルン姉さんが、どこか楽しそうに笑う。

「そりゃあね。俺にとっては初めての……そう、初陣《ういじん》だよ」

俺はまだ魔物と一度も戦ったことはない。初戦闘になる。

「問題ありません。ルカが思ってる以上に魔物は弱いです。いえ、ルカが強い、と言うべきですね」

「どうも。ノルン姉さんより相手が弱いってのは分かるよ」

「はい。ですから気負わずに、粛々と終わらせてきなさいな。一週間後を楽しみにしています」

姉さんは気楽だな。まあ、いきなりの話に驚きはしたが、いつかは終わらせなきゃいけないイベントだ。早いか遅いかの違いでしかない。

俺は早々に覚悟を決め、視線をルキウスへ戻した。

「試練、承りました。期待以上の成果を持ち帰ります」

「ああ。好きに暴れろ」

「ちなみに、リリスを一緒に連れて行っても構いませんか？　契約で、彼女の傍《そば》にいないといけないんです」

「試練は原則一人でクリアせねばならない。だが……荒神との契約も無視できん。監視を付けるが問題ないな？」

「ええ。俺一人で充分だということを証明します」

実際に聞いたことがあるわけじゃなかったが、サルバトーレ公爵家の当主なだけあって、やはリリスと魂の契約ができることを知っていたか。元々、リリスを封印したのは力を得るため。俺が何を言いたいのかくらい、すぐに察してくれると信じていた。

とはいえ、契約の詳細は教えられない。ルキウスが空気の読める男でよかった。

ノルン姉さんは、リリスの話が出てくると露骨に不機嫌になったが、当主の決定に口を挟んだりはしない。話は終わる。

▼△▼

書斎を出て、自室に戻る。

結局、鉱山でのサバイバルは明日から行われることになった。

「おかえり、ルカ。疲れた顔してるわよ。何かあったの？」

ソファに座った俺を見て、リリスが首を傾《かし》げる。

「明日、試練が始まる。サルバトーレ公爵家の試練がな」

「なにそれ」

「ん？　お前、サルバトーレ公爵邸にいたのに知らないのか？」

「封印されてたのよ？　ほとんど情報は入ってこないわ。ルカみたいな酔狂な人間はなかなかいないもの」

「言ってろ」

自覚はある。

俺がリリスに話しかけられたのは、彼女のことをよく知っていたからだ。そうでなきゃ、例え封印の部屋を見つけても話しかけたりしなかっただろう。そんな気がする。

「試練はサルバトーレ公爵家の名物だ。オーラが使えるようになった奴《やつ》は全員やる。試練を突破することで、初めて一人前を名乗れるようになるんだ」

「ふうん。それで、幼いながらもマテリアとオーラを覚醒させたルカが、その試練とやらに選ばれたのね」

「そういうことになるな」

「具体的な内容は？」

「サルバトーレ公爵領にある鉱山へ行って、一週間のサバイバルを行う」

「サバイバル？」

「ああ。装備以外は何も持ち込めない」

「いくらなんでも、八歳のルカには厳しいと思うけど……」

「なんだ？　お前が心配してくれるのか？」

少し意外だな。リリスのことだから、「くれぐれも私に恥をかかせるような真似《まね》はしないでよ」とか言うかと思っていた。

「うるさい。ルカは私と契約を結んでいるのよ？　早々に死なれても困るわ」

「まあ、お前はそう言うよな」

予想通りの返事をありがとう。俺も、予《あらかじ》め用意しておいた返事を送る。

「安心しろ。魔物も倒すし、サバイバルも問題ない」

俺は事前にノルン姉さんに試練のことを聞いていた。ゲームでも、何度かサルバトーレ公爵家の人間が、試練に関して話していたこともあって準備は万端だ。心構え的な意味の準備は。

「ずいぶんやる気があるじゃない。さっきまでげっそりしていたくせに」

「突然だったからな」

マテリアに続いてオーラを覚醒させた以上、近い内に試練が課されるとノルン姉さんにも忠告されていたが、それにしたって明日は性急すぎる。

今の俺は八歳。初代サルバトーレ公爵ですら、オーラが発現したばかりの時期。俺をさっさと強くしたいというルキウスの気持ちが、これでもかと表れている。

「ま、頑張りなさい。半人前のルカ？」

「お前も雑用くらいしろ」

「私が手を貸したら意味ないじゃない。サバイバルなんでしょ？」

「荷物運ぶくらいは別にいいだろ。お前と俺は二人で一人だ」

「屁理屈《へりくつ》ね。お断りよ」

そう言ってぷいっと視線を横へ逸《そ》らすリリス。彼女はああ言ってるが、ルキウスは雑用させても喜ぶと思う。サルバトーレ公爵家の人間は、人を使ってナンボだと。

「とにかく、試練は明日だ。適当に覚悟くらいは決めておけ」

「ハッ！　覚悟なら最初から決まってるわ。あなたと契約したあの日からね」

「奇遇だな」

俺もあの時からいろいろ覚悟を決めている。全てを倒す、という覚悟をな。

お互いに口角を持ち上げて、しばし笑い合った。

▼△▼

翌日。

サルバトーレ公爵家の名物とも言える試練の日がやってきた。俺は馬に跨《またが》って、舗装された道を駆け抜ける。

サルバトーレ公爵領は、王国の北方にある。異世界ならではの設定なのか、サルバトーレ公爵領は一年の大半が寒い。季節なんて概念は存在しない。馬に乗っているとそのことがよく分かる。冷風が顔を打ち付け、剝《む》き出《だ》しの肌が今にも切れそうだった。

しばらくそんな極寒の中、馬を走らせていると、やがて、遠くに雪を被《かぶ》った大きな山が見えてくる。あそこが試練の舞台だ。

「なんで私まで……なんで私まで……」

俺の背後から、怨嗟《えんさ》のような呟《つぶや》きが聞こえてくる。

リリスだ。彼女も俺と同じ馬に乗って鉱山へ向かっている。今朝、逃げようとしたから首根っこを掴《つか》んで無理やり引きずってきた。その甲斐《かい》もあって、リリスからの視線が痛い。人を殺す気満々みたいな面をしている。

俺はなるべくリリスの視線に気付かないフリをしながら、目の前のことに集中する。そして、俺とリリスを乗せた馬は、鉱山へ続く山道の前に辿《たど》り着《つ》いた。そこで馬から降りる。

「ルカ、準備はよろしいですか？」

ついて来たノルン姉さんが、馬から降りるなりそう言った。即答する。

「問題ないよ、ノルン姉さん。一週間、戦いを楽しんでくる」

「ふふ。さすが私《わたくし》の弟ですね。鼻が高いですよ」

嬉《うれ》しそうにはにかみ、ノルン姉さんは俺の頭を優しく撫《な》でる。俺のことをよく褒めてくれるが、彼女にとってルカ・サルバトーレはまだまだ子供らしい。可愛《かわい》がられてる。

「じゃあ行ってくる」

「嫌だあああ」

いまだに恨めしそうな声を漏らすリリスを連れて、俺は真《ま》っ直《す》ぐ山道を歩き始めた。背後では俺の姿が消えるまで、ずっとノルン姉さんが手を振っている。それも、少しすると見えなくなって——リリスと二人きりになった。

「クソぅ……本当に一週間は山を下りることができないの？」

「諦めろ。代わりに、試練が終わったらご馳走《ちそう》を好きなだけ食わせてやる」

「本当⁉」

さっきまでシナシナになっていたリリスが、急に元気を取り戻す。

「ああ。だから俺のために働けよ？　リリス」

「なっ⁉　それはどういう意味よ！」

「そのまんまの意味さ。昨日言っただろ、お前に戦闘能力は期待してない。雑用を任せるから、サボるな」

「ふ……ふざけるなぁ！　私は神よ！」

「はいはい、堕《お》ちた神様静かにしてください。お前の声で魔物が寄ってくる」

ぎゃあぎゃあ騒ぐリリスを注意するが、時すでに遅し。周りから幾つもの足音が聞こえてきた。足音の大きさからして小型の何かだ。

鞘《さや》から剣を抜き、臨戦態勢を整える。すると、脇道のほうからわらわらと複数の狼《おおかみ》が姿を見せた。

「《グレイウルフ》か」

現れたのは、世界各地どこにでも出現する狼《おおかみ》型の魔物グレイウルフ。灰色の毛皮は平民に人気らしい。安くて暖かいと、特にサルバトーレ公爵領の住民には。

「雑魚《ざこ》ね」

「ああ。すぐ終わらせる」

剣を片手にグレイウルフへ近付いていく。グレイウルフは俺とリリスを警戒していた。俺が近付くと、その動きに合わせて円状に広がる。俺たちを囲み、血走る赤い瞳が殺意で満ちた。

――来る。

そう思った瞬間、俺はわずかにマテリアを練り上げて剣を構えた。途端に、グレイウルフたちは一斉に駆ける。同時に俺を四方八方から襲った。

「わざわざ殺しやすく集まってくれるなんてな」

冷静に、落ち着いて俺は剣を振るう。丸を描くように体ごと剣を回し、紫色の光が薄く、細く奔《はし》った。

一瞬だ。ほんの一瞬で、俺の周りを囲む複数のグレイウルフたちが――絶命する。

全員、もれなく縦に開いた口を横一文字に斬り裂かれた。胴体まで刃は達し、大量の鮮血を流して地面に倒れる。吹雪による影響で白く積もった雪原が、グレイウルフたちの血で赤く染まった。

「初めての実戦だったが……弱いな」

剣に付いた血を払い、鞘《さや》に収める。

想像とは違った。もう少し苦戦するか、簡単には攻撃が当たらないものとばかり思っていたが、実際の魔物は動きが遅い。反応も鈍いし、少なくともグレイウルフには負ける気がしない。

「三年前に比べて成長したわね、ルカ」

背後ではリリスがドヤ顔を浮かべている。ご自慢のマテリアが使われて嬉《うれ》しそうだ。

白い息を吐いてから、早速、リリスに雑用を命じる。

「俺を褒めるのはいいが、リリス、倒したグレイウルフを二匹ほど運んでくれ」

「……は？　なんで？」

「グレイウルフの肉は食用だ。あとで焼いて食べる」

一週間のサバイバルで最も大事なのが、一週間分の食料と水分。そこでグレイウルフの肉だ。

雪の降る鉱山に食べられる植物が自生しているはずもないし、わざわざ採取する時間がもったいない。効率を考えると、魔物を殺してその肉を食べるのが一番だ。

「狼《おおかみ》の肉を食べるの？　美食に慣れた今の私にはキツいんだけど……」

「文句言うな。何も無い山の中じゃ、充分ご馳走《ちそう》だ」

俺も狼《おおかみ》の死体を一匹担《かつ》いで運んでいく。目的地はこの先にある。

「むぅ……しょうがないか」

リリスも俺と同じように、二匹の狼《おおかみ》を担《かつ》いで運ぶ。

「そもそもお前、食べなくても生きていけるんだろ」

「神でも娯楽は欲しいの」

「贅沢《ぜいたく》な神だな」

「神というのは贅沢《ぜいたく》な生き物よ」

「確かに」

神は人智《じんち》を超越した存在。例えリリスが力を失っているとしても、過去の栄光が消えるわけではない。超越した存在は、あらゆるワガママが許される。圧倒的強者ゆえに。

俺は納得し、山の中腹を目指す。今日中にあのアイテムが見つかるといいんだが……。

道中、現れた魔物を狩りながら山道を上がっていく。しばらくすると、目当ての洞窟を発見する。

「やっと見つけた」

洞窟の入り口は、だいたい大人が三人も並べばぎゅうぎゅうになる横幅だった。縦は三メートル。こちらは少し余裕がある。しかし、当たり前だが、洞窟内部に明かりは無い。入り口から差し込む陽光だけが頼りだ。

「ここがルカの目指していた場所？」

「そうだ。洞窟の中なら吹雪や寒さをある程度凌《しの》ぐことができる。それに、この洞窟には面白い物があるはずだ」

「面白い物？」

「見れば分かる。行くぞ」

リリスの質問に答えることなく、俺は歩みを再開した。洞窟の中に入ると、すぐに行き止まりにぶつかる。

「ん？　ちょっとルカ、もう行き止まりよ。これを洞窟と言えるの？」

「壁に穴が開いてりゃ洞窟だろ」

知らんけど。

「それより——見つけた」

穴の奥には、俺の予想通りの物が転がっていた。ボロボロになった人型の白骨死体。リリスも遅れて気付く。

「これは？」

「人間の白骨死体だ。こいつが、今回の試練で一番の報酬さ」

「はぁ？　人間の死体に興味があるの？」

「なわけねぇだろ。俺が欲しいのは、この死体が持ってるアイテムだ」

死体に近付き、首元に下げられたネックレスを取る。土で汚れているが、俺の知るアイテムと相違ない。

「げっ！　そのネックレス……不浄な力が宿っているじゃない」

リリスが、俺の掲げたネックレスを見て顔をしかめる。これもまた予想通りではあった。

「不浄？　これは祝福を受けた《聖遺物》だぞ？」

聖遺物。

それは、神や天使といった聖なる力を持った存在が、自身の力を形にした物。旧時代の人間たちが作った人工物《アーティファクト》とは違い、魔力などを流さなくても様々な恩恵を受けられる。

「しかもこの聖遺物は、装備している間、祈禱《きとう》の力を強めてくれる。他にも、微量ながら祈禱《きとう》が使えるって便利な代物だ。全然不浄じゃない」

むしろこれ以上ないくらい清浄な物と言ってもいい。まあ、荒神と呼ばれた悪《あ》しき神であるリリスにとっては、他の神や天使の力を身近に感じて不快に思うかもしれないが。

事実、リリスの表情は曇っていた。怨敵でも見るかのように、俺の首元のネックレスをねめつけている。

「そんなに睨《にら》んでも捨てたりしないぞ」

祈禱《きとう》が使えればだいぶサバイバルが楽になる。何と言われようと捨てる気はない。

「ふんっ！　聖なる力なんて必要ないわ。マテリアとオーラさえあれば充分よ」

「お前はよくても俺は嫌なんだよ」

「なんですって⁉　何が不満なのよ！」

「不満はない。ただ、今の俺の技量じゃ、自然治癒能力が低い。それなら祈禱《きとう》を使ったほうが早いし安全だ」

マテリアやオーラと祈禱《きとう》では、消費されるエネルギーが違う。マテリアやオーラは、マテリアやオーラそのものを使うが、祈禱《きとう》は《神力《しんりき》》と呼ばれるエネルギーを消費して発動する。

当然、覚醒していない俺の体内に神力《しんりき》は無い。だが、先ほど手に入れたネックレスが神力を生成してくれる。だから祈禱《きとう》が使える。こと治癒能力においては、どう考えたって祈禱《きとう》のほうが上だ。マテリアとオーラを温存もできる。

「ぐぬぬぬ……！　ルカのくせに！　ルカのくせに！」

「はいはい。それより狼《おおかみ》の死体を置いて外に出るぞ」

「外？　この狭苦しい洞窟の中で吹雪を凌《しの》ぐんじゃないの？」

「木を集めに行く。火を起こさないと寒さで凍え死ぬだろ」

「ああ、なるほどね。けど、こんな所にある枝で火が起こせるのかしら」

「問題ない」

俺もリリスも担《かつ》いでいた狼《おおかみ》の死体を地面に置き、焚火《たきび》用の木材を取りに外へ出た。その後、燃えやすい植物を使って火を起こす。意外と簡単だ。俺の隠れた才能か、ルカの才能か。まあどっちでもいい。

肉を焼き、その日はリリスと雑談を交わして過ごした。

▼△▼

サバイバルが始まって数日。

初日に手に入れた狼《おおかみ》の肉が多かったから、俺はひたすら洞窟に籠もってマテリアとオーラの鍛錬に明け暮れる。

火があるから寒さはある程度凌《しの》げるし、洞窟の中で吹雪も入ってこない。入り口にリリスを置けば見通しがよく、接近してくる魔物がいたらすぐに分かる。その見張り役のリリスがいるおかげで、能力の鍛錬も捗《はかど》った。試練中とはいえ、一秒も時間を無駄にはしない。

そうしてきっちり一週間。六回目の夜を越し、七日目。

「……よし。サバイバル期間は終了だ。山を下りるぞ、リリス」

俺は最後にマテリアとオーラの鍛錬をしてから、仏頂面《ぶっちょうづら》を浮かべているリリスへ声をかけた。直後、彼女の表情に笑みが戻る。

「本当⁉　ようやくこのクソつまらない山ともおさらばね！」

「ああ。風呂《ふろ》にも入れるし、美味《おい》しい食事が待ってるぞ」

「うんうん！　約束は憶《おぼ》えているようね」

「好きなもん注文しろ。メイドに言って用意させる」

「おお──！　ならさっさと山を下りるわよ！　走って、ルカ！」

「アホ言うな。雪山で走ったら無駄に体力を奪われるだけだろ」

立ち上がり、無茶を言うリリスを無視して洞窟を出た。いまも鉱山周辺は吹雪が舞っている。視界は悪いが、来た道を忘れるほど耄碌《もうろく》していない。それに、周りには大量の魔物の死体が転がっている。ある意味、これが目印になっていた。

「それにしても……ルカが言ったように、試練とは名ばかりのものだったわね。ほとんど洞窟に籠もって魔物を狩っていただけじゃない」

「俺はサバイバルを始める前に洞窟の存在を知っていたし、サルバトーレ公爵家の人間ならこれくらい涼しい顔でクリアしろってことだ」

「過去に失敗した奴《やつ》はいないの？　死んだりとか」

「一応、ゼロじゃないがほぼいないな。才能無しと言われた四つ上の兄、イラリオって奴《やつ》ですら、試練自体はクリアしてた」

あくまでこのサバイバルを突破した者は、半人前から一人前になるというだけのこと。サルバトーレ公爵家では、一人前が最低限。世間でいう「凡人」に該当する。そこからどう這《は》い上《あ》がってくるか、成長するかが大事なんだ。

つまり俺は、まだスタート地点にすら立っていない。ここからが、本当の試練の日々だ。今さら臆することはないがな。

口角を上げて笑う。ここ数年で、俺もこの状況を楽しめるようになっていた。

「——ッ！　ルカ、止まって」

リリスが、自らの腕を俺の体の前に伸ばした。物理的に歩みが止められる。

「どうした、リリス」

「この先に誰かがいるわ。結構数が多い」

「へぇ……面白い展開になってきたな」

俺のセンサーには何も引っ掛かっていない。ってことは、その何者かはまだ遠くにいるってことだ。

リリスの探知能力は凄《すご》いな。力を失ってもなお、俺より鋭い。

「敵かもしれないわよ。戦うつもり？」

「ここはサルバトーレ公爵家所有の鉱山だぞ？　部外者が簡単に入れる場所じゃない」

第一、山道近くは騎士たちが日替わりで待機している。その隙を突くには、内部の者の手引きが必要になる。数が多いなら、まず間違いなく敵だろうな。そして、兄や姉たちの誰かが手引きしたと思われる。俺は意外と疎《うと》まれていたようだ。

「俺の道を塞ぐ奴《やつ》は殺す。相手が誰であろうとな」

もう二度と奪われる側には回らない。全てを奪い、俺は今後こそ幸せを手に入れる。今ある幸せを守る。

再び歩き出した俺に、リリスはやれやれとため息を吐いて言った。

「ルカは変わらないわね。三年前から何も」

「今の俺は、ルカ・サルバトーレだからな」

かつての俺は死んだ。もういない。ここにいるのは……ただ強さを追い求める男だ。そうならなくちゃいけない。

リリスが教えてくれた部外者たちのほうへ向かう。幸いにも、連中がいるのは帰り道の途中。このタイミングで集まってきたってことは、サバイバルで体力を消耗した俺を狙っているのは確実だ。

身内以外との初めての対人戦になる。不思議と、俺の心はワクワクしていた。

▼△▼

雪の積もった山道を下りていくと、リリスが言ってた部外者たちを見つける。

黒装束を纏《まと》った複数人の男女だ。俺を囲むように散らばっている。

「ルカ・サルバトーレだな？　お前の命を貰《もら》うぞ」

集団の先頭に立っていた大柄な男性が、野太い声で告げた。遅れて、他の連中が一斉に武器を構える。

「誰だか知らないが、襲ってくる以上は殺すぞ？」

「はっ！　さすがはあいつの弟だな。偉そうな態度が鼻につくぜ。テメェら、やれ」

「あいつ？」

俺の殺害を命じた奴《やつ》のことか？　ってことは、予想通りサルバトーレ公爵家の誰かだな。別に誰でもいいけど。いずれ殺すことになる。

次々に突っ込んでくる不審者たちに対して、俺もまた鞘《さや》から剣を抜いた。

「リリス、お前はどうする？」

「手伝ってほしいの？　退屈してたし、雑魚《ざこ》くらいは引き受けてあげるわよ」

「OK。なら……よっ！　と」

正面に立った賊の一人を斬り倒す。その際、武器を持っていたほうの腕を切断した。雪の上に落ちた左手から、鈍色《にびいろ》の刃を奪ってリリスに放り投げる。

「よくやったわ、ルカ」

「偉そうに……」

まあいい。リリスが雑魚《ざこ》狩りを担当してくれるなら、俺はリーダーと思われる男に集中できる。彼女は俺の近くにいれば、同じ能力が使える。俺に比べると出力は劣るが、周りの三下《さんした》くらいなら余裕だろう。

俺の隣にリリスが並んだ。剣を構えて邪悪な笑みを浮かべる。

「さあ、来なさい。私たちの邪魔をした奴《やつ》はどうなるのか、直接体に刻み込んであげる」

リリスの足下から紫色の光が帯のように伸びる。幾つもの帯が彼女の体を覆い、回り、ゆらゆらと小刻みに揺れる。元々リリスが持っていた能力、《マテリア》だ。

マテリアはリリスの願望や内面を具現化した力。美しいと同時に、悍《おぞ》ましくもある。

「な……なんだあの力は⁉　オーラ？　いや、オーラじゃねぇ……もっと別の何かだ」

周りを囲む賊共が、リリスのただならぬ気配を感じ取り、不安に怯《おび》える。しかし、彼女は容赦なく剣を向けた。雪を蹴り飛ばし、生き物とは思えぬ速度で賊に迫る。

一瞬だ。ほんの一瞬で、距離を詰めたリリスに賊の一人が首を刎《は》ね飛ばされた。

くるくる回転した男の首が、驚愕《きょうがく》に目を見開いた状態で真っ白な雪の絨毯《じゅうたん》の上に落ちる。

赤色が雪を染め上げた。直後に、賊たちの動揺はさらに激しくなる。

「は、速すぎる⁉」

「目で追えなかったわよ⁉」

「武器を構えろ！　くるぞ！」

やる気を出してくれたところ悪いが、あの程度の攻撃で動揺するようじゃ、リリスに太刀打ちできない。

賊は次々に急所を的確に斬り裂かれていく。元荒神なだけあって、久しぶりの戦闘でも彼女は強い。ブランクはあまり感じなかった。

だが、彼女の剣はなんていうか……その名に相応《ふさわ》しい荒々しさがある。正統な剣術を学んだ俺とは対極だ。あれでは、ただ力の限り剣を振っているに過ぎない。急所を狙う技術は凄《すご》いが、見てくれは単なる暴力。美しくは……ないな。

俺が見守る中、リリスは破竹の勢いで賊たちを討伐していった。あっという間に半分を切る。

「何なんだ、あの化け物……」

「おい、おっさん。余所見《よそみ》するなよ。お前の相手は俺だ」

リリスが手下相手にハッスルしている間に、俺は俺で最初に声をかけてきた屈強な大男の下へ。

「向こうの化け物と一緒に戦わねぇのか？」

「お前程度一人で倒せないようじゃ、サルバトーレ公爵家の名折れだろ？」

「ガキ……！　あんまり調子に乗ると後悔するぞ」

怒りに震える大男は、被《かぶ》っていた漆黒の外套《がいとう》を脱ぎ捨てる。衣類の上からでも分かるほどの、筋骨隆々な焦げ茶色の肌が露《あら》わになった。

「後悔させてみろよ、髭《ひげ》」

「ぶっ殺す」

無精髭《ぶしょうひげ》の大男は、全身に青色のオーラを纏《まと》って剣を上段で構えた。大振りのポーズで斬りかかってくる。

体格の差が凄《すご》い。ゴリラとサルだ。地力では決して及ばない。それを踏まえた上で、俺はリリスと同じようにマテリアを引き出す。紫色の光に包まれ、不思議な全能感に満たされる。その状態で剣を横に傾け、大男の攻撃をガードした。

金属同士がぶつかり合い、甲高い音が響く。

「てめぇもあの化け物と同じ力が使えんのかよ！」

「同列にするなよ。今は俺のほうが——強い」

正面から大男の剣を弾く。

「くっ⁉ なんつうパワーだ」

「どうした？ まさか今のが全力とは言わないよな？」

「黙れ！ 俺の力はこんなもんじゃねぇ！」

大男の放出するオーラの量が増えた。まだ本気ではなかったらしい。揺らめく青色のオーラが、空間を歪《ゆが》めているようにも見える。

「いいね。もっと俺を楽しませてくれ」

青色と紫色の光が衝突を繰り返す。剣が重なる度に、周囲に積もった雪が吹き飛ばされ、衝撃が周りの木々にまで届く。

速度と攻撃力を活《い》かした大男の大技に対し、俺は回避と間合いの管理でついていく。

「悪くない。純粋な力は俺以上だ」

たかがサバイバル程度で本気を出すとは思わなかったが、結果的にいい検証になった。自分の実力がどの程度か、今なら客観的に測れる。

その上で、俺はさらに一歩先へいく。

マテリアの発動中、追加でオーラを放出した。

リリスの生み出したマテリアは、オーラと似た強化の性質を持つ。他にも、オーラと違ってエネルギーそのものが質量を持つ。ある程度操れるなら、様々な形に具現化も可能だ。つまり自由度がかなり高い。

まあ、俺の技量では自由自在にマテリアを操ることはできないから、オーラの代用品……否、オーラと組み合わせて使うのが一番強い。

俺の紫色の光に、青色の光が混ざる。

どちらも強化の性質を持つが、双方効果は重複する。俺の力を、マテリアとオーラが極限まで強化してくれた。

「かはッ！」

当然、エネルギーを受け入れる器のほうが、強化に耐えられない。肉体が負荷に耐えきれず、俺は血を吐いた。

「ははははは！　体調が悪そうだな、クソガキぃ！」

「……そうでもないさ。むしろ気分がいい」

筋肉が、臓器が、脳が、血管が悲鳴を上げる。今にも痛みと苦しみで倒れそうになるが、それより先に、首元にぶら下げた十字架のネックレスが黄金色に輝いた。温かい光が全身を覆っていく。

癒やしの力、《祈禱《きとう》》が発動した。

肉体が能力に耐えきれず崩壊していくのなら、崩壊していった先から治していけばいい。崩壊と再生が拮抗《きっこう》する以上、マテリアとオーラを発動していても俺は死なない。死ぬほど苦しいが強化も持続する。

これぞ奥の手。俺が前から考えていた、最高の脳筋技。

「ッ⁉　急に強くなった⁉」

強化された肉体が、限界を超えて男の攻撃を捌《さば》く。徐々に力の差が覆《くつがえ》り、逆に大男のほうが俺の攻撃を防ぐので手一杯になった。

「笑みが消えたぞ、髭《ひげ》！　戦いは楽しまないとなぁ！」

湧き上がる高揚感に身を任せ、防御を捨てた激しい連撃を放つ。次第に大男の防御の手が薄くなっていき、体の節々に軽い傷を負う。

「ぐぅ！　ボロボロのくせに！」

「死ななきゃ安いもんだ！　お前もそう思うだろ⁉」

「うるせぇ！　化け物が‼」

「勝手に人を襲っておいてずいぶんな物言いだなぁ!!」

なんと言おうと、この実力差はひっくり返らない。傷が増え、大男の隙も増える。

「そろそろ終わらせよう。遊びはほどほどに、な」

足を曲げてしゃがみ込む。攻撃が止《や》み、大男の反応が一瞬遅れる。

疑問。痛み。疲労。

それらが同時に男の体にのしかかる。刹那の隙。剣を振れば届く距離においては、あまりにも大きな隙だ。

俺はバネのように跳んだ。両足にあらん限りの力を込め、大男の横を通り過ぎる。剣はただ横向きに置いておけばいい。速度が乗っかり、刃の触れた大男の首が——あっさりと地面に落ちた。

「そ、そんな……お頭の首が!?」

リーダーが潰されて、残った賊たちも戦意を失う。ずいぶん力を信用されていたんだろうな、次々に武器を捨てて降伏していた。

しかし、そんなものを聞き入れてやる義理はない。俺は再び剣を構えて残った賊の処理に移る。

「なっ!?　我々は降伏してるのに……」

「だからどうした」

なに甘いこと言ってんだ？

「そっちから襲ってきておいて、勝てないから降参する？　俺が、勝者が、なぜ——お前ら敗者の要望を受け入れなきゃいけない？」

残り四人。

残り三人。

残り二人。

……残り、一人。

逃げ惑う賊を背後から容赦なく斬り倒す。恐怖のあまり、最後の一人は失禁していた。がくがくと全身を激しく震わせ、掠《かす》れた声で助命を乞う。

当然、俺は無視して首を刎《は》ねた。そうすることで、ようやく静寂が戻る。襲ってきた賊は皆殺し。今後のことを考えると、一人たりとも生かしてはおけない。一人でも残せば、俺は舐《な》められる。

「あっけなかったわね、ルカ」

「ああ。でも、いい練習相手にはなった。マテリアとオーラの制御能力も、さっきの戦闘でだいぶ上がった」

「馬鹿。あんな自滅技、二度と使わないで」

リリスが声を低くして、怒りを孕《はら》んだ声で言う。

「今回は運がよかっただけ。マテリアとオーラを同時に使うなんて、今のルカの肉体じゃ耐えられない。次は、祈禱《きとう》で治す暇もないわよ」

「怒るなよ。勝てたんだからいいだろ」

「いいわけないでしょ！　大馬鹿！」

キーン、とリリスの叫び声が耳に響く。思わず片目を瞑《つぶ》った。

「ルカは私と契約し、復讐《ふくしゅう》に手を貸すと誓ったはずよ。こんな雑魚《ざこ》共を相手に自滅していたら、神を倒すことなんてできない。いえ……神を倒す前に死ぬわ」

「……それに関しては悪かったよ。けど、似たような橋は渡っていくことになる。今の内に慣れておけ」

「はぁ⁉　私の言葉聞いてたの⁉」

リリスが詰め寄ってくる。胸倉を摑《つか》む勢いだ。だが、俺は彼女に伝えておく。俺がどれほどの覚悟を持っているのかを。

「聞いてたよ。その上で、俺の意思は変わらない。俺が目指すべき場所は頂だ。頂には誰も到達できない。なぜなら、頂とは本来、存在しない概念だからだ」

あらゆるものは限界を超える。限界を定めてしまえば終わってしまう。俺が求めているのはそんなちんけなものじゃない。永遠に進化する自分だ。そして、永遠に進化するには、自らの命すら懸けて前に進むしかない。

リスクが怖くて最強を目指せるかよ。

「歩みを止めるな。俺はむしろ走り続けるぞ。お前こそ、神への復讐《ふくしゅう》が安全に達成できると思ってんのか？　相手は神なんだろ？　ビビってんじゃねぇよ」

詰め寄ってきたリリスを逆に睨《にら》む。彼女は、自らの内側に敗北への恐怖があることを自覚する。狼狽《うろた》え、困惑し、動揺した。目を見開きながら、何も言えないリリスに俺は告げる。

「安心しろ。俺にとって神殺しは過程でしかない。お前も信じてついてこい」

「ルカ……」

何か言いたそうな表情を作るリリス。しかし、俺は彼女の返事を待たずに振り返った。地面に転がる賊たちを見下ろし、

「さてと……戦利品の確認だな」

にやりと不敵に笑った。

敵を倒したらドロップアイテムが貰《もら》える。常識だろ？

死体を漁《あさ》っている間、ずっとリリスは無言で空を仰いでいた。何か、彼女の中で考えたいことがあるらしい。俺は口を出さなかった。決めるのはリリスだ。

「いつか……ルカは私のことも……」

▼△▼

ルカ・サルバトーレが試練を始めて一週間。

当主ルキウスと長女ノルンが、馬に乗って山道の手前までやって来る。

「ルカはまだ戻ってきていないのか？」

馬から降りたルキウスが、警備担当の騎士に声をかける。騎士の男はこくりと頷《うなず》いて答えた。

「はい。今のところは影も形も」

「ふむ……何かあったのかもしれぬな」

本来、試練を受けたサルバトーレ公爵家の人間は、ほとんど一週間経《た》った直後に帰ってくる。

だが、そろそろ時刻は昼間。だというのに、ルカは一向に山から下りてこない。ルキウスは怪訝《けげん》な顔を作った。

「ふふ。おそらく寝ていたのでしょう」

「寝ていた？」

ルキウスの疑問に答えたのは、隣に並ぶノルン・サルバトーレだった。彼女は両目を瞑《つぶ》り、涼しい顔で続ける。

「私《わたくし》と同じです。試練の最終日、寝過ごして帰るのが遅れました」

「だとしたら、ルカはお前に匹敵するほどの大物か」

「いえ、違います」

きっぱりとノルンは父の言葉を否定する。閉じていた瞼《まぶた》を開け、怪しく光る緋色《ひいろ》の瞳をルキウスに向けた。

「ルカの才能は、私を凌駕《りょうが》していますよ。ルカならば、初代当主を超える立派な剣士となるでしょう」

「お前がそこまで言うか」

「はい。二年もの間、剣を交えていて分かりました。ルカはまごうことなき天才。誰もルカの才能には勝てません」

「ふっ。素晴らしいな。お前以外には大して期待もしていなかったが、私が生きている間にそれほどの才能が生まれるとは」

「手始めに、何人か弟と妹をけしかけてみますか？　全員、ルカが殺しますよ」

ノルンがあまりにも物騒なことを言うものだから、話を聞いていた騎士の一人がぎょっとした。

しかし、騎士の男は知っている。ノルン・サルバトーレという女は、口に出した以上必ず実行する。血の繋《つな》がった家族だろうと、そこに慈悲はない。自分に不必要なものは笑いながら切り捨てられる人間だ。

「まだ早い」

ルキウスがノルンの提案を却下する。

「半人前をいくらルカにぶつけても、雑魚《ざこ》を狩るだけでは強くなれん。もう少し様子を見てから、他の連中をぶつければいい」

「その日が今から楽しみです」

恍惚《こうこつ》の表情を浮かべてノルンは言った。彼女の顔には、例え自分がルカに殺されても文句はないと書いてある。

慣れたつもりだったが、話を聞いていた数名の騎士たちは絶句した。これが、ゼーハバルト帝国でも最強と謳《うた》われるサルバトーレ公爵家。まさに、全員が化け物。

「……ん？　あれは……」

ノルンが会話の途中、ふいに視線を前方へ戻した。遅れてルキウスもそちらを見る。

視線の先、雪景色の広がる山道の奥から、やや小さな影がこちらに向かって来ていた。まじまじと見つめる必要はない。ノルンもルキウスも、その影が何者か予想できている。

一番に動いたのはノルンだった。地面を蹴って走る。一瞬にして影——ルカの目の前に到着した。

「ルカ！　お疲れ様です。やっぱり余裕でしたか？」

「わざわざ出迎えに来てくれたの？　ノルン姉さん。この通り、元気いっぱいだよ」

「その抱えている頭はなんですか？」

目敏《めざと》く、ノルンがルカの右手にある丸い物体、人の頭部に気付く。年齢はだいたい三十後半だろうか。呆《ほう》けた顔だ。

「これは盗賊の首。襲ってきたから撃退したんだ」

「盗賊？　なぜ盗賊が鉱山に？」

じろり、とノルンの視線が山の入り口を警備していた騎士たちに向けられる。殺意たっぷりの視線をもらい、騎士たちの体が震え始めた。

「どこからか紛れこんだんだろうね。先導した奴《やつ》がいる」

「殺しましょう。ルカを危険に晒《さら》した責任は私が取らせます」

「誰かはさすがに分からないよ、ノルン姉さん」

「問題ありません。警備を担当していた全ての騎士を殺せばいいんです」

何の躊躇《ちゅうちょ》もなくそう宣言したノルンに、沙汰を待っていた騎士たちが顔面を蒼白《そうはく》にさせる。

ノルンがああ言った以上、誰も彼女の手から逃れることはできない。

「まあまあ、落ち着きなよ、ノルン姉さん」

激昂《げきこう》するノルンに、被害者であるルカがストップをかける。

「このおっさんはオーラが使えた。結構強かったよ。けど、負けるようじゃサルバトーレ公爵家の名折れだ。試練の一環と思えば悪くない」

「試練はあくまで魔物と戦いながらサバイバルを行うというもの。そこに不純物を混ぜるなど、私たちへの冒瀆《ぼうとく》です」

「過激だね、ノルン姉さんは。でも、判断を下すのは俺たちじゃない。――そうでしょう？　父上」

ルカの視線が、ノルンの後ろで大人しく二人を見守っていたルキウスに移る。

「うむ……ルカの言う通り、当主である私が決めることだ」

「私は皆殺しにするべきだと思います。相手を調子に乗らせてはいけない」

ノルンの意見は変わらなかった。何を言われても制裁を加えるべきだと主張する。ルカは無言を貫いた。正直、ルカにとって警備の人間が死のうと生きようと関係ない。ただ、イレギュラーもまた、サルバトーレ公爵家の人間にとっては日常だと言いたかっただけだ。

それらの意見を汲《く》み取《と》り、ルキウスは結論を下す。

「ノルン、お前に任せる。警備を担当していた者を殺せ」

「畏《かしこ》まりました」

それがルキウスの答えだった。

しかし、ルキウスはそれ以上何も言わない。「今後、このようなことがないように努めろ」とも言わず、イレギュラーはイレギュラーとして処理する。ルキウスもまた、ルカと同じ考えを持っていたからだ。

弱者はいらない。イレギュラーすら超えられる天才がほしい。

機械のように、ノルンが騎士たちを殺していく。中には、ノルンに立ち向かう者も出てきたが、ルキウスに次いで高い才能を有するノルンを誰も止められない。まるで死神の鎌を振るうように、容赦なく騎士たちの首を狩る。

ノルンに同情も哀れみも優しさもない。ただただ、周囲からは悲鳴が聞こえた。

「我々は先に帰るとしよう」

「分かりました」

ルキウスたちが運んできた馬に跨《またが》り、ルカとリリスは屋敷《やしき》へ向けて移動を開始した。内心、ルキウスは高揚する。自分とノルンが思った通り、ルカの才能は別格だ、と。

サバイバルのクリアはともかく、格上であろうオーラの使い手にも勝った。その事実を噛《か》み締《し》める。

「(まさに初代当主の再来……否、それ以上か)」

笑いがこみ上げてくる。少なくともあと数十年は、サルバトーレ公爵家は安泰だ。

▼△▼

予想外の展開はあったが、無事に試練を突破した。

一週間という長いサバイバル生活も終わり、俺とリリスはサルバトーレ公爵邸に戻る。

「ふぅ……久しぶりの屋敷《やしき》は妙に広く感じるな」

馬から降りて玄関扉をくぐると、俺は大きく背筋を伸ばしてささやかな感動を覚える。

一週間、ほぼ狭苦しい洞窟の中にいたからか、十人以上入っても窮屈さを感じない屋敷《やしき》の中は、逆に広すぎて違和感を抱く。

「私は今すぐ風呂《ふろ》に入りたいわ……ルカ、背中流して」

「流すわけねぇだろ。一人で入れ。俺のあとでな」

「……なんですって？」

帰宅早々、リリスが俺を睨《にら》む。ガチの殺気が漏れてやがる。

「私より先に風呂《ふろ》に入るつもり？」

「当たり前だ。俺のほうが上がるのが早い。一番頑張った」

「たわけ！　私はあんたのせいでボロボロなのよ！　何度魔物の死体を運ばされたと思ってるの！」

「雑用係なんだからいいだろ。あと、お前の風呂《ふろ》は長い」

「断固として拒否する！」

「ふざけんな」

俺もリリスも一番風呂《ぶろ》は譲らない。顔を突き合わせてガンを飛ばす。

「……こうなったら、決めるにはあれしかないな」

「そうね。ルカが教えてくれたあれでしょ？」

少しして、俺とリリスは同時に顔を離した。お互いに右手を構える。

「いくぞ、リリス」

「返り討ちにしてくれるわ！」

次いで、同時に叫ぶ。

「「じゃーんけーん――！」」

▼△▼

石造りの穴に、なみなみとお湯が張られている。

立ち上がる湯気が浴室を覆う。その中で、服を脱いだ俺は体を洗ってから湯舟に座り込んだ。

「はぁ……気持ちいい……」

一週間分の疲労が、汚れと共に消える。

「風呂《ふろ》は最高ね。これと料理だけは人間を褒めてもいいわ……」

俺の正面で、一糸纏《まと》わぬ姿のリリスが歓喜の声を上げる。結局、じゃんけんで負けたくせに一緒に入ることになった。俺は拒否したが、彼女が無理やり入ってきたのだ。狡《ずる》い奴《やつ》め。

「なに？　その目は。私の裸体に興奮するのは分かるけど、襲いかかって来ないでよ？」

「生憎《あいにく》と俺は、壁に欲情するほど終わってねぇよ」

リリスの胸は悲しいくらい平だ。それはもう、見てるこっちが泣きそうになるほど。

「ルカ……せっかく試練を達成したっていうのに、よほど死にたいらしいわね」

貧乳、もしくはそれに準ずるワードはリリスの地雷だった。先ほど以上の殺気が放たれ、彼女は立ち上がる。

丸見えなんだが、そこら辺はどうでもいいのか？　基準がよく分からない。

「落ち着け。冗談だ」

「言っていい冗談と悪い冗談があるでしょ！　許さないわ」

そう言ってリリスは、両手で掬《すく》いあげたお湯を俺にぶっかける。

「ぶっ⁉　てめぇ！」

せっかく乾いてきた髪がずぶ濡《ぬ》れだ。俺も許さん。

リリスに仕返しと言わんばかりにお湯をかけてやった。彼女もまた、俺と同じように髪がグチャグチャになる。俺より圧倒的に長いからさらに不快だろう。

にやりと笑いながら、リリスの反撃を避けていると――ガチャ。いきなり脱衣所へ続く扉が開かれた。誰か入ってきたらしい。

俺もリリスも同時に横を向く。浴室に入ってきたのは……、

「ノ……ノルン姉さん？」

俺の姉、ノルン・サルバトーレだった。

「私《わたくし》も混ぜてくださるかしら？　ルカ」

「なんで⁉　俺があがった後で入れよ！」

実の姉の、あられもない姿に動揺する。

他人であり、人ならざる者のリリスならともかく、発育のいい姉の裸体を直視することはできなかった。だが、ノルン姉さんはそんなこと無視して、俺の前で堂々と体を洗い始める。

あの人に羞恥という感情はあるのだろうか？　だいたい、俺は一言も許可していない。

「姉弟《きょうだい》仲良くお風呂《ふろ》に入るのは当然でしょう？」

「当然じゃないと思う」

俺がもう少し幼いなら分かるが、すでに八歳だ。前世でいう小学二、三年生。そのくらいになると、普通は一人で風呂《ふろ》に入る。サルバトーレ公爵家というやや特殊な環境であることを抜きにしても。

「細かいことは気にしません。それよりルカ……私には文句を言うのに、そこにいる羽虫はい

いのですか？」

ノルン姉さんが、湯舟に浸っているリリスをねめつける。前から薄々感じていたが、ノルン姉さんはリリスのことを嫌っている。俺のそばにいるのがとにかく気に食わないようだ。

「先に言っておくけど、リリスも俺は許可してない」

「なら私も問題ありませんね。ええ」

「どうしてそうなる……」

「姉ですから」

胸を張ってノルン姉さんはドヤ顔を浮かべた。これは何を言っても無駄だな……俺は早々に諦める。幸いにも、この時代の浴室は換気という概念が薄い。浴室内部は湯気でかなり曇っている。ノルン姉さんの抜群のプロポーションも、これではほとんど見えない。

「ルカ、ご飯～」

リリスはリリスで、俺の心境など知らず、のんきな声を出す。状況を考えろ。つうか風呂《ふろ》場に飯を持ち込むわけねぇだろ。

今にもお湯に溶けてしまいそうなほど自由にくつろぐリリスを無視して、俺は深いため息を吐いた。

風呂《ふろ》くらい……一人で静かに入りたかったな。

▼△▼

風呂《ふろ》あがり。

ダイニングルームに行くと、父ルキウスがいた。俺を待っていたのか、姿を見るなり手招きしてくる。

「父上、何か？」

ルキウスの前まで行くと、酒の入ったグラスを片手にルキウスは言う。

「なに、まだお前には報酬を与えていなかったなと」

「報酬？　……ああ、試練のですか」

俺も遅れて思い出す。

サルバトーレ公爵家では、試練を乗り越えて一人前になった者に、当主から直々に希少品が贈られる。主に武器だな。当主の期待値によって、どれだけ貴重な物を貰《もら》えるかが変わる。

俺の記憶によると、数年前、試練をクリアしたノルン姉さんには、身の丈ほどの大剣が与えられた。なんでも、ルキウスが倒した邪竜の素材を用いて作らせた逸品だとか。

ルキウスはその剣を「魔剣」と呼んでいた。ゲームでも、ノルン・サルバトーレが使っていた剣は魔剣と称され、理不尽な強さだった。

俺の場合はどうだろうな。ルキウスに大きな期待を寄せられているが、まだ八歳だし……過度な希望は持たない。少しでも役に立つ物なら嬉《うれ》しいな、くらいの気持ちで受け取る。

「すでにお前に渡す報酬は決まっている」

「ありがとうございます、父上」

「礼は早いぞ。あの剣をお前が使いこなせるかどうか……ふっ、実に楽しみだ」

そう言ってルキウスは、執事に「あの剣を持ってこい」と命令する。

やはり報酬は武器か。それも剣。今使ってる武器が単なる鉄の塊であることを考慮すると、それよりいい物に違いない。少しだけワクワクしながら武器の到着を待っていると、

「――――ッ⁉」

執事が大きな黒い箱を抱えて戻ってきた。その箱を見た瞬間、俺の本能が強烈な警鐘を鳴らす。目を見開き、わずかに後ろへ下がった。

「身構える必要はないぞ、ルカ。確かに恐ろしい代物《しろもの》だが、いきなり襲いかかってくるわけでもない」

「……箱の中身はなんですか？」

「剣だ。いや……東方では《刀》？　と呼ぶらしい」

「カタナ？」

カタナってあの刀か？　日本刀的な。そういや、リリスの出身地が東方の地で、東方の地に

は前世の日本みたいな国があったな。そこで入手したのか？　……ん？　待てよ……。

俺は妙な既視感を覚える。東方の地に伝わる刀。それを入れた箱を見ただけでも震えが止まらない。そんな武器が普通の刀であるはずがない。そして、普通じゃない刀を俺は知っている。

「もしかして……《ムラマサ》？」

「ほう。お前は知っていたのか、この刀のことを」

正解らしい。答えを言っといてなんだが、俺は驚かずにはいられなかった。

「どうして俺にムラマサを⁉　あの刀は……」

「そのことも知っているのか。よく勉強しているな」

ルキウスがうんうんと頷《うなず》いて感心する。

「お前の言う通り、ムラマサという刀は、初代サルバトーレ当主が持ち帰った武器だ。ルカ、お前が連れている荒神と共にな」

やっぱりか。実はゲームのシナリオだと、復活したリリスが使っていた武器――それが《ムラマサ》である。ルキウスの話を聞く限り、リリスはムラマサを最初から所有していたことになる。ゲームでは恐ろしい弱体化の呪いを撒《ま》き散《ち》らすクソ武器だった。

「心して受け取れ、ルカ。初代当主ですら扱いに困ったと言われている武器だ。お前ほどの才能ならば、扱えると信じているぞ？」

「……感謝、いたします」

呪われた武器など必要ない、と拒否したいところだが、ここまで言ってくれたルキウスの気持ちを無下にはできない。どうせ断っても無理やり押しつけられるだろうしな。何より、ラスボスが使っていた武器だ。どれほどの性能か、リリスを除けば俺が一番よく知っている。

問題は、リリスと違って俺に扱えるかどうか。ルキウスも言っていたが、ムラマサは初代当主ですら使わなかった武器。その理由が、呪いを恐れたのか、自分に合わなかっただけなのか。理由は定《さだ》かではない。

しかし、今も止まらぬ震えが答えを示しているような気がした。生半可な覚悟では使えないぞ、と。

武器を運んできた執事が、箱を床に置いて開ける。とうとう姿を現した漆黒の刀。直《じか》に見るとさらに震えが強くなった。心臓を優しく握られているような不快感が溜《た》まる。

「さあ、持ってみろ、ルカ」

「は……はい」

意を決して俺は、箱の前に立って刀に手を伸ばす。

不思議な武器だ。柄《つか》まで黒い。全てを呑《の》み込む漆黒に塗り潰されていた。それでいて目を奪うほどの美しさも感じる。だが、相反する恐怖を同時に放つ。

感情や思考がグチャグチャになる。けれど、俺は恐怖に負けず、しっかりとムラマサの柄《つか》を摑《つか》んだ。呪われる覚悟で持ち上げると、

「？」

特に何もない。むしろ全身の震えが止まり、妙に手に馴染《なじ》む。

「どうだ、ルカ。ムラマサを握ると気分が悪くなったりしないか？」

刀を握ったまま棒立ちする俺に、ルキウスが神妙な顔で訊《たず》ねる。俺は首を横に振った。

「いえ……見ていた時は寒気がしていましたが、持った瞬間、それらの感情が一瞬にして消えました」

「消えた？　何ともないのか？」

「はい。逆に、昔から使っていたかのように馴染《なじ》みます」

「はは！　恐れるのではなく馴染《なじ》むときたか」

俺の回答がお気に召したのか、父ルキウスは手を叩《たた》いて笑った。実に楽しそうだ。

「前に他の兄姉《きょうだい》たちにもこの刀を持たせたことがある。だが、お前と同じことを言った者はいなかった」

「誰も？」

「ああ。全員、口を揃《そろ》えて『不気味』だ『気持ち悪い』だと言っていたな。お前の姉ノルンも」

「ノルン姉さんも……」

意外な事実だ。確かに、原作でもノルンはこのムラマサを持ってはいなかった。だが、一度

与えられようとした武器だったとはな。

いわゆる相性というやつか？　リリスと契約を交わし、リリスからオーラを貰《もら》った俺だからこそ、ムラマサに適応できたのかもしれない。

「決まりだな。その刀は今よりお前のものだ」

「ありがとうございます、父上」

まさか、ラスボスと同じ武器を俺が持つことになるなんてな。これは非常に大きな前進だ。強力な武器は、矛であり盾でもある。上手《うま》く使いこなすことができれば、俺の目標に大きく貢献してくれるだろう。ありがたくもらっておく。

ムラマサを腰に差してからルキウスに一礼する。その時、ふいに背後から視線を感じて振り返った。ダイニングルームの入り口に、一つ上の兄カムレンが立っている。水面のごとき青い瞳が、やや揺れながら俺を見つめていた。

カムレンから驚愕《きょうがく》の感情が伝わってくる。次いで、カムレン自身の呟《つぶや》きも聞こえてきた。

「う……嘘《うそ》だ……。試練を突破して、父上から報酬を？　あれは……俺がもらうはずだったのに！」

俺がもらうはずだった？　ひょっとしなくても、カムレンはムラマサが狙いだったのか？　前に何度かムラマサを他の兄姉たちに持たせたことがあるとルキウスは言ってたが、その様子をカムレンも見ていたのか。

けど、残念だったな。もうムラマサは俺の正式な武器だ。これを奪い取るには、持ち主である俺を殺さなくちゃいけない。同じく、試練を突破して。

いまだオーラを覚醒させる片鱗《へんりん》すら見せないカムレンでは、最低二年以上は必要になるだろう。それまでに俺との差がさらに開くはずだ。ムラマサを奪おうとするなら、一人前になったカムレンに俺は容赦しない。

サルバトーレ公爵家でのルールは、半人前の家族を殺しちゃいけない――というもの。つまり、試練を突破した直後のカムレンを殺すことは認められている。

実に狂ったルールだ。初代当主も、その流れに疑問を持たなかった歴代の当主たちも頭がおかしいとしか思えない。だが、俺はこのルールに順応する。俺の邪魔する奴《やつ》は、一人として許さない。俺はどんな手を使ってでも生き延びる。

「カムレンにも困ったものだな……あれでは負け犬同然だ」

俺と同じく、ダイニングルームの前にいたカムレンを見ていたルキウスが、ため息と共に苦言を呈する。強さこそ全てなこの男には、先ほどのカムレンが酷《ひど》く軟弱に映ったのだろう。少しだけ同情してしまう。

「ルカ、お前は他者を羨むなよ。優れた者に、負け犬根性など必要ない」

「分かっています」

どんな英才教育だよ。鬼畜か？

表面上はルキウスの言葉に従いながらも、内心で激しいツッコみを入れた。

果たして俺は、ルキウスが望むような鬼畜になれるのかどうか……。まあ、この世界に順応するなら、ならざるを得ないだろうが。

最後にもう一度頭を下げ、俺はダイニングルームを立ち去る。食事は結局、部屋に運んでもらうことにした。

▼△▼

自室に戻ると、人様のベッドの上にリリスが転がっていた。

あの野郎、自分の部屋があるのになんでいつも俺の部屋にいるんだ？　寂しがり屋か？

「ちょっと、ルカ。今、馬鹿なことを考えていなかった？」

「全然」

涼しい顔で答えるが、内心、「なんで分かった⁉」と動揺に襲われる。

俺はそこそこポーカーフェイスができているほうだと思う。感情の制御には自信がある。しかし、リリスは俺の顔を一瞥《いちべつ》しただけで何かに気付いた。まるで獣だな。

ベッドが占領されているため、仕方なくテーブルの前に設置されたソファに腰を下ろした。

すると、

「……ん？　なんだか妙に懐《なつ》かしい気配がする……ってその刀！　私の愛刀ムラマサじゃない！」

リリスが目敏《めざと》く俺の手にしたムラマサに気付く。ぴょん、と元気よくベッドの上で飛び上がると、勢いをそのままに俺のほうへ近付いてきた。

「ああ、これか。さっき父からもらった。試練をクリアした報酬だとさ」

「なるほどね。初代当主が私を封印した際、武器をどこかに保管したとは思っていたけど、まだ誰も使っていなかったのね」

俺の言葉を聞いただけでそこまで分かったのか。いや、これも勘か？

「なんでも、これまで手にした兄姉《きょうだい》たちは、全員がムラマサを気持ち悪いって拒否したらしい」

厳密には、ルキウスが適性無しと判断したっぽいが。

「はぁ!?　ムラマサのどこが気持ち悪いっていうのよ！　この刀はね、私を永く支えてくれた名刀なんだから！」

「そんなこと俺に言われてもな。けど、気持ちは分かる」

もちろん他の兄姉《きょうだい》たちの気持ちが、な。

「俺も最初この刀を見た時は、恐怖の感情が止まらなかった。鳥肌が立ちっぱなしだったよ」

「無理もないわ。神すら恐れる強力な呪いが付与された武器だもの」

「へぇ。神もムラマサが怖いのか。お前も？」

「ふん！　私を他の神と一緒にしないで。その武器の持ち主よ？　私だけは例外」

平らな胸を精一杯張ってリリスはドヤ顔を作る。俺の疑問が一つ、解消された。

「だから、か。実は、俺もムラマサを握った途端に恐怖心が薄れた。消えたんだ、綺麗《きれい》さっぱり」

「原因は私のマテリアだとルカは考えているのね」

「じゃないと説明できないだろ？」

「まあそうね。でも、忘れちゃダメよ。その力はルカのもの。経緯がどうであれ、ね」

「ああ。分かってる」

「私のおかげではあるんだけどね」

「はいはい」

「それより！」

びしりとリリスが俺の顔に人差し指を向ける。

「なにこの指。折っていいのか？」

「あんたの指を全てへし折るわよ、馬鹿。……そうじゃなくて、ムラマサもいいけど飯はどうしたの」

「食いしん坊の荒神……」

「何か言った？」

「いいや、なんでも」

これ以上余計なことは言うまい。リリスに睨《にら》まれて俺は視線を横に逸《そ》らした。

「すぐに食事は届く。さっきダイニングルームに行って、部屋に運ぶよう指示しておいた」

「ならばよし！」

偉そうだな。神様だからか？

上機嫌になったリリスは、再びベッドの上に転がる。

「お前、それでいいのか？」

「なんの話？」

「ムラマサだよ、ムラマサ。てっきり返せって言われるのかと思ってた」

「たわけ。復讐《ふくしゅう》する力を失った今の私に、ムラマサは不要。ムラマサもまた、新たな主に仕えたいと思っているに違いないわ」

驚くべきことに、リリスは愛刀ムラマサへの執着を一切見せなかった。もはや過去の物だと言わんばかりにあっさり手放す。

次の持ち主が俺だからいいのか？　少しでも復讐《ふくしゅう》の手伝いになるならば、と。それ以外は思いつかない。仮に俺がリリスなら、愛刀を簡単には手放せないだろうから。

まあいい。リリスが快く俺に刀を譲ってくれるのなら、俺はその意思に応えて、彼女の復《ふく》讐《しゅう》を代行するだけだ。

「そうか。ありがとうな、リリス」

「礼を言われるほどのことじゃないわ。精々、神を苦しめて殺してね？」

にやりと笑うリリスに、俺も同様の笑みを返した。

もちろん、俺の障害になる神は皆殺しだ。約束通りにな。

三章：皇族主催のパーティー

試練を終えたその日から、俺の日常はさらに密度を増した。

まず、一人前になったことが大きい。サルバトーレ公爵家では、一人前になった兄姉《きょうだい》同士で争うことが推奨されている。とはいえ、まだまだ圧倒的格下である俺を正面から襲う者はいない。

そんなことをすれば、もれなく師匠でもあるノルン姉さんに蹴散らされる。だから、裏から手を回して、サバイバルの時みたいに暗殺者や賊をけしかけてきた。

おかげでムラマサの検証には不自由しなかった。

ムラマサはとてもいい。複雑かつ複数の呪いが、傷付けた相手を永遠に苦しませる。その呪いは、非常に高位の祈禱《きとう》でないと治せないほど強力だ。

一度でも傷を負うと、仲間に枢機卿《すうききょう》クラスの祈禱《きとう》使いがいない限り終わる。これがラスボスの武器。使っている俺でさえ引くほどの性能だ。

他にも、サバイバルの最中に聖遺物を入手したことをきっかけに、サルバトーレ公爵家に常駐する祈禱《きとう》使いに話を聞いて、初歩的な治癒術の勉強をしてみた。どうやら俺は、オーラ以外にも祈禱《きとう》の適性もあったらしい。

これでしばらくは、マテリアとオーラと祈禱《きとう》で戦闘能力はもちろん、継続戦闘能力も問題ない。

あとはひたすらノルン姉さんとの修行に明け暮れた。剣術が一番伸びたのは言うまでもない。

そうしてさらに二年。転生してから五年。俺は十歳の誕生日を迎える。


「──パーティー？」

誕生日の翌日。

俺は父ルキウスに書斎に呼び出されていた。部屋に入るなり、父は「パーティーの準備をしろ。帝都に行くぞ」と言う。思わず呆《ほう》けた声が出た。

「うむ。ゼーハバルトからの招待状が届いた。皇城にて行われる、皇族主催のパーティーだ。そこへ、お前を連れていく」

「それはまた……急な話ですね」

サルバトーレ公爵家は、貴族として最も位の高い《公爵》だ。当然、皇族主催のパーティーにも招待されるだろう。建国に尽力した英雄の一族だからな。

けど、十歳の俺を連れていくとは思わなかった。こういうのは普通、ノルン姉さんや長男なんかを連れて行くんじゃないのか？

そんな俺の疑問を、ルキウスは見透かす。

「ゼーハバルト側から、お前を連れてきてほしいと頼まれた」

「俺を？」

「理由は、歴代最高の才能を持つお前に会いたい、というものだ」

「拒否してもいいですか？　時間の無駄です」

俺はハッキリと答えた。ルキウスは上機嫌になる。

「ククク……それでこそサルバトーレ公爵家の人間だ。我々はゼーハバルトの臣下だが、決してへりくだるな。建国の英雄は対等である。いや……我らこそが一番なのだ」

「ええ。理解しています」

お前らサルバトーレはそうだよな。他の三大公爵家の二つはおろか、皇族すら見下すほどの傲慢さを兼ね備えている。だが、傲慢は傲慢で使いやすい。何者にも束縛されないサルバトーレ公爵家だからこそ、動きやすい場合もある。

俺は不敵に笑い、しかしルキウスは言った。

「ただ、今回は従うぞ。奴《やつ》らの言いなりになるわけではない。私が、お前を自慢して回りたいのだ」

「じ……自慢？」

想定外の返答に俺は困惑する。なんだか無性に、目の前の男が単なる父親に見えた。

「そうだ。ゼーハバルト、モルガン、ユーミルの連中に自慢してやる。我が家には最高の天才が生まれた。お前たちはどうなんだ？　とな」

「ははは……素晴らしいお考えですね」

マジでクソくだらねぇ。

心底どうでもいい見栄《みえ》の張り合いだが、甘んじて受け入れるとしよう。ルキウスに……現当主に媚《こ》びを売っといて損はない。それに、皇族主催のパーティーなら、あの二人に会える。

《モノクロの世界》をプレイしていた一ユーザーとして、少しだけ楽しみではあった。

▼△▼

「「………」」

ルキウスから皇族主催のパーティーの話を聞いた一週間後。

俺を乗せた馬車が帝都へ向かっている。その馬車には、俺以外にも二人の女性が同乗していた。

一人はリリス。俺のパートナーでもある彼女は、当然帝都にもついて来る。屋敷《やしき》を出る前、帝都の食事を楽しむんだと息巻いていた。すっかり現世に溶け込んだな。

そしてもう一人は、そのリリスを睨《にら》む俺の姉ノルン・サルバトーレ。彼女も皇族主催のパーティーに参加する。今回は、手の空いていた兄姉《きょうだい》が二人、俺と一緒に帝都へ向かう。もう一人はカムレンだ。

しかし、カムレンはまあ分かる。別の馬車にしたのは、俺と喧嘩《けんか》しないよう配慮してくれたんだろう。けど、リリスとノルン姉さんが一緒ではほとんど意味がない。この二人は犬猿の仲である。

「ルカ」

「なに、ノルン姉さん」

沈黙に耐えかねたのか、急にノルン姉さんが声をかけてきた。視線は相変わらずリリスに向いたまま。

「馬車の中が臭います」

「え？」

「この異臭は、無能の異臭。ルカという煌《きら》びやかな光に集る蠅《はえ》の臭いがします」

蠅《はえ》の臭いってなに。

俺は疑問を浮かべたが、ノルン姉さんが何を言いたいのか即座に理解し、ため息を吐く。だが、返事をする前にリリスが先に口を開いた。

「それを言うなら私も耐えられない臭いがするわ。弟にベタベタと甘える不埒《ふらち》な愚か者の臭いね。年甲斐《としがい》もなく気色が悪い」

「殺しますよ、蠅《はえ》」

「やれるもんならやってみなさい、変態」

二人の間に火花が散る。

どうしてこう、二人は顔を合わせる度に喧嘩《けんか》するんだ？　あまりにも相性が悪すぎる。

だいたい、何が「やれるもんならやってみろ」だ。今のリリスは全盛期の十分の一にも満たない。マテリアとオーラを失い、戦闘能力は底辺まで落ちている。

ルキウスを超える才能を持つ、と言われるノルン姉さんに勝てるはずがない。彼女がその気なら、一秒でリリスはあの世に送られる。

しかし、ノルン姉さんは俺が悲しむような真似《まね》はしない。リリスがいなくなると、結んだ契約を俺が守れなかったとして、面倒なデメリットを被《こうむ》ることになる。

さすがに成長した今、即死はないと思うが、それに準ずる厄介な呪いくらいは受けるはずだ。

それは遠慮したい。

その気持ちを汲《く》んでくれるノルン姉さんは、憎まれ口を叩《たた》いても決して手を出さなかった。

リリスも自分が安全であると自覚しているため、ノルン姉さんに強気に食ってかかれる。余計に関係は悪化する。悪循環ってこういうことなんだな。

「はいはい、落ち着いてくれ二人共。こんな所で暴れたら、前を走ってる父上に怒られるよ」

唯一冷静な俺が二人の間に入る。これもまたいつものことだ。

「むっ。確かに、お父様に口を挟まれると厄介ですね。ルカに免じて我慢しましょう」

「何がルカに免じてよ。私は別にあの男を恐れていないわ。ふふん」

勝ち誇った顔でリリスが胸を張る。それを見たノルン姉さんが嘲笑した。

「くすくす。小さな胸を必死に持ち上げないといけないなんて……可哀想《かわいそう》ですね」

「ぶっ殺す」

ノルン姉さんに殴りかかろうとするリリスを、俺が羽交い締めにして止める。キレるの早すぎだろ。

彼女は胸の話をされると堪忍袋《かんにんぶくろ》の緒が光の速さで切れる。

神様が貧乳を気にするのはどうなんだ？　知性ある生き物なら、人間と感性自体は同じなのか？　とにかく、リリスに胸の話はタブーだ。特にノルン姉さんは、服の上からでも分かるほど立派なものをぶら下げている。それが余計にリリスの自尊心を傷付けた。

「放してルカ！　この女は、毎度毎度私の胸をおおお！」

「さっき喧嘩《けんか》するなって言ったばかりだぞ。暴れて馬車がひっくり返っても困る」

「大丈夫！　それより先に殺すから！　ムラマサ貸して！」

「貸すか馬鹿」

ジタバタと暴れるリリスを無理やり席に座らせた。ここ数年で俺の身体能力はリリスを超えている。マテリアとオーラも使えるから、彼女一人を抑えつけるのは難しくもない。

だが、挑発した側のノルン姉さんが一切手伝ってくれないし、いまだに笑っているのが困る。

リリスの怒りもなかなか収まらなかった。

▼△▼

馬車の中で一悶着《ひともんちゃく》あったが、その後は比較的順調に帝都へ進んだ。

途中、幾つかの街を経由し、一週間かけて帝都に辿《たど》り着《つ》く。どんだけ広大なんだ、ゼーハバルト帝国は。

「おぉ！　あれが帝国の中心、帝都ね！」

馬車の外から見える景色を眺めながら、リリスが子供みたいな顔で声を上げた。

「俺も帝都に来るのは初めてだな……外壁からしてでけぇ」

ゲームでは何度も訪れたことのあるメイン舞台だが、やはりVRとリアルでは全然違う。実際の質感というか雰囲気というか、現実味があるのは当然リアルだな。ゲームでは感じられない、荘厳《そうごん》さとでも言えばいいのか。そういうものを感じる。

「帝都の中はとても広いので、迷子になると時間を喰《く》いますよ。それに、帝都ほど栄えている場所でも、暗い一面はありますから」

「ホームレスや孤児がたくさんいると」

「ええ。特に犯罪件数の多い場所は、帝都の南東方向。中央も夜になると物騒ですし、決してルカは夜遊びしてはいけませんよ？　ルカならホームレス如《ごと》きに負けないとは思いますが、帝都にはよからぬお店もあります」

「よからぬ店？」

「風俗です」

真面目な顔で、というかノルン姉さんの口から「風俗」なんて単語が出てくるとは思いもしなかった。けど、考えてみれば単純である。男性の欲望を金で満たせるなら安いもの。満たす側の女性も大金が手に入り、玉《たま》の輿《こし》に乗れる可能性まである。

双方に得しかない。風俗店の一つや二つ、あっても不思議じゃないか。

「風俗、ね」

「何よ、ルカは女性の体に興味があるの？　私の裸体を見てよく興奮しているものね」

「そうなんですか⁉　ルカ！」

「誤解だよノルン姉さん。リリスは虚言癖があるから信じないでくれ」

「虚言癖なんてないわよ！」

「ではそこの虫を誅殺《ちゆうさつ》しましょう。今ならお父様もお許しになってくれます」

ノルン姉さんが腰に下げた剣に手を添える。俺は彼女を止めた。

「街に入る前に流血沙汰はやめてくれ……俺たちはパーティーに参加するために来たんだ

ろ？」

「むぐっ……残念です」

本当に残念そうに、ノルン姉さんは剣から手を離した。俺が止めていなかったらガチでリリスを殺してしまいそうな空気だったな。危ない危ない。

「それで、ルカ。あなた、風俗とやらに行くの？」

「行くわけねぇだろ。そんな暇があったら修行してる」

「さすがルカ！　それでこそサルバトーレ公爵家次期当主です」

弾《はじ》かれたようにノルン姉さんが俺に近付き、頭を優しく撫《な》でる。今、リリスとノルン姉さんに左右を挟まれた形になっている。密度が……。

「もし性欲が抑えられない時があったら、穢《けが》れた者たちではなく私《わたくし》に言ってください。弟の下《しも》の世話をするのも姉の――」

「務めじゃない！」

面と向かって「下《しも》の世話」とか言わないでくれ。なぜかこっちが恥ずかしくなってくる。というかリリスの前で気まずい。

「本当に、ルカの姉は頭がおかしいわね」

珍しくリリスに同意する。無論、本人には言えないから内心で。

「黙りなさい、羽虫。あなたのような貧相な人間には理解できないのでしょう。これこそが、家族の愛なんです」

「大きければいいというものでもないわ！　胸は――」

ああ……また始まった。

数日ぶりの口論に、俺は頭を悩ませる。その間にも馬車は進み、気が付けば街中に入っていた。

馬車が完全に停車する。

扉を開けて外に出ると、俺たちの眼前に大きな屋敷《やしき》がそびえ立っていた。

あれは帝都にあるサルバトーレ公爵邸だ。いわゆる別邸だな。北部にある本邸よりやや狭いが、俺たち五人と使用人たちだけで利用するには充分すぎる。

「ルカ、荷物は使用人たちが運びます。パーティーも来週ですし、私と一緒に遊びに行きませんか？」

「ノルン姉さんと？」

「ルカが嫌でなければ、の話ですが」

「嫌じゃないよ。リリスはどうする？」

本当はリリスとノルン姉さんを引き剥がしたいが、彼女だけ誘わないとあとで怒られそう。

一応、リリスに訊《たず》ねる。

「私は遠慮しておくわ。さっさと部屋で休みたいもの。……あ、食事を運ぶようにだけ言っといて」

「分かった。じゃあまたあとでな」

「ええ」

手を振ってリリスと別れる。彼女の注文通り、リリスへ食事を持っていくように使用人の一人に伝え、彼女は屋敷《やしき》の中に。俺とノルン姉さんは外へ繰り出した。

「ふふ。こうしてルカと二人きりで遊びに出かけるのは久しぶりですね」

「北部では、ほとんど修行漬けの毎日だったし、俺も姉さんも娯楽にはあんまり興味なかったからなぁ」

それでも、サルバトーレ公爵領では、何度かノルン姉さんと街中へ出掛けたことがある。姉さんはデートだなんだと言ってたが、男女のデートに選ぶ場所が武器屋って間違ってると思う。あれは決してデートじゃない。

「今日は私にお任せください。ルカよりは帝都に足を運ぶ機会がありましたし、案内します」

「頼りになるね。オススメの店とかあるの？」

「ありますよ。まずは西区に――」

珍しくノルン姉さんが柔らかい笑みを浮かべる。俺にだけ見せてくれる彼女の女性らしい一面を横目に、俺は真《ま》っ直《す》ぐ目抜き通りを歩いていく。首都だけあって、帝都の中は凄《すご》い人の数だ。迷わないように注意しないと。

▼△▼

一週間後。

わざわざ購入したパーティー用の服に袖を通す。この手の服は苦手だ。動きにくいし、いまいち自分に似合ってるのか分からない。

ルカ・サルバトーレはイケメンだ。十歳になって顔立ちがハッキリしてくると、整った顔立ちが余計にそう見える。あくまで前世の俺は平凡な顔立ちだった。カッコよくはないが、女性に笑われるほどブサイクでもない。

その記憶が残っているため、あらゆる女性を虜《とりこ》にしそうな相貌を鏡越しに見ても、どこか他人にしか思えない。一線を引いてしまう。

「いつか……この違和感が薄れてくれるのか」

「違和感？　何が？」

俺の独り言をリリスが拾う。彼女も今日はドレス姿だった。淡い紫と黒のドレス。薄紫色の髪を持つ彼女にはよく似合っていた。胸と性格以外は完璧だな。

「なんでもない。それより、そっちの準備も終わったようだな」

「ええ。私もルカと一緒に、皇族や三大公爵家の連中の面を見てやろうと思ってね」

「別に面白くはないぞ」

俺が会いたい相手は全員ガキだ。リリスが面白いと感じる相手ではない。今はまだ。

「問題ないわ。メインは、パーティーで出される料理だもの！」

「食いしん坊め」

そんなことだろうと思っていた。でなきゃ彼女が面倒事でしかないパーティーに出席するはずがない。

「いいでしょ、別に。私はマテリアを失っても神よ？　神にはたくさん供物《くもつ》が必要なの！」

「大食いだもんな、お前」

「女性にそういう発言はモテないわよ」

「へいへい」

適当に答えて俺とリリスは共に屋敷《やしき》の外へ向かう。すでに屋敷《やしき》の外には皇城へ移動するための馬車が用意されていた。馬車の前に、漆黒とワインレッドのドレスを着こなす黒髪の女性が。

俺とよく似た色の彼女は、

「もう準備が終わってたんだ、ノルン姉さん」

俺の姉ノルンだ。一七〇センチのすらっとした体型に大人っぽいドレスがよく似合っていた。

「ルカにドレス姿を見せたくて大急ぎで来ました。どうでしょう、このドレス」

「よく似合ってるよ。ノルン姉さんには黒と赤が一番だね」

黒は自分の髪色を。濃い赤色は瞳を連想させる。どちらも彼女の持つ色だ。俺の色でもある。

「ありがとうございます。ルカもその服、似合っていますよ。普段のルカも大人びていてカッコいいですが、正装に身を包むとさらにカッコよさが増しますね。……ですが、それだけに心配事も増えました」

「心配事？」

「今回のパーティーで、ルカによくない虫が寄ってきます。私が防がないと。ルカに恋愛は早いです。婚約者も同じく」

まるで母親みたいなこと言うんだな。

「変なことしないでね、ノルン姉さん」

「へ、変なこと!?　私はただ、ルカに集る蠅《はえ》共を駆逐しようと……」

「これからパーティーだよ。戦争じゃなくて」

パーティー会場で令嬢たちに手を上げたら、さすがのノルン姉さんでも怒られる。……怒られる、よな？　サルバトーレ公爵家はあまりにも大きすぎてよく分からん。が、非常識だということは分かる。

「しょぼん。でも、ルカのそばにはいますよ？　私がいないとすぐに囲まれてしまいますから」

「ありがとう、姉さん」

ボディガードか。正直助かる。

素直に感謝し、三人で馬車に乗り込んだ。

ルキウスはカムレンを伴ってすでに城へ向かっている。カムレンの奴《やつ》、俺と行きたくないからってルキウスと一緒に……今頃、気まずい思いをしてるだろうなぁ。ざまぁ。

幸いにも、こちらの馬車は静かなものだった。ノルン姉さんはどうやって俺を守るか真剣に考えていたし、リリスの頭の中にはパーティーの料理しか残っていない。俺もそんな二人を見ながらパーティー会場で会える二人の女性に想《おも》いを馳《は》せる。

待っていろ……ヒロイン共。

▼△▼

帝都にあるサルバトーレ公爵邸から、馬車で移動すること数十分。

眼前に、巨大な皇城が姿を現す。

皇族たちが住んでいるだけあって、とんでもない規模の建物だ。サルバトーレ公爵邸がいったい幾つ入るのか。

石畳を越えて川の上、橋を通って正門の前に到着する。正門の大きさは三メートルを超えていた。侵入者対策なのか、威圧するのが目的なのか、正門の前で佇《たたず》む二人の兵士に、ノルン姉さんが身分証らしきものを見せて門が開く。

重圧な音が響き、今度は城へ続く前庭が視界いっぱいに広がった。

噂《うわさ》によると、皇城の前庭に生えている花はどれもかなり珍しい品種らしい。季節ごとに一面を大きく変えるそれは、無駄に金のかかった芸術作品だ。武術を尊ぶサルバトーレ公爵家の人間には理解できない。その証拠に、

「相も変わらず、ここは無駄に派手ですね。雑草にお金を使ったところで意味はないというのに」

俺の対面の席に座っている長女ノルン姉さんが、涼しげな眼差《まなざ》しで外を見てから、ぽつりと批判的な言葉を零《こぼ》した。

「いいんじゃない？　戦時中ってわけでもないんだし、余裕を見せつけるのは大事だよ。特に皇族ともなれば」

「ルカは優しいですね。直接、皇帝陛下に進言しても構いませんよ？　見栄《みば》えより、誰も口を挟めないほどの結果を示せばいいのだと」

「サルバトーレならね」

それが通用するのは、ウチともう一つ――モルガン公爵家くらいなものだ。

皇族を含めた他の貴族たちは、功績を挙げながらも裕福な自分たちをただ見せつけることし

かできない。才能の限界、というやつだ。

現に、モルガンのほうは知らないが、サルバトーレ公爵家には華美な装飾品は置いてない。花もないし、芸術を愛する者もいない。ほぼ全員が、武術の頂を目指し、今この瞬間も鍛錬に明け暮れている。

俺だって、本当は皇族主催のパーティーなんぞに興味はない。その時間を鍛錬に当てたほうが遥《はる》かに有意義だと思ってる。

だが、いくらサルバトーレ公爵家が、皇族が口出しできないほど偉いといっても、示しはつけないといけない。でなきゃ、爵位も皇族という存在すらも必要無いってことになる。

「着きましたよ、ルカ。城内には歩いて入ります」

「了解。行くぞ、リリス」

「料理が私を待っているわ！」

ノルン姉さんに続いて俺が、最後に意気揚々とリリスが馬車を降りて、三人で城の中へと入る。

城内も実に煌《きら》びやかなものだった。いたる所に明かりが取りつけられており、もはや眩《まぶ》しい。

騎士たちの数も凄《すご》いな。廊下にびっしりと、規則正しく鎧《よろい》姿の男女が配置されている。警備は万全ってか？　そもそも、サルバトーレやモルガン、ゼーハバルトのいる皇城に押し入る賊もいないだろうが。

周りを見渡しながら俺たちはどんどん奥へ向かっていく。やがて、パーティー会場であるロビーが見えてきた。人が百人入ってもまだ余裕があるほどの広さに、俺は眩暈《めまい》を覚える。

どこを見ても綺麗《きれい》。明るい。どこを見ても人、人、人。永遠に聞こえてくる雑音は、そんな彼ら彼女らの歓談の声。これがパーティーか……。

「大丈夫ですか？　ルカ。顔色が悪いですよ」

肩を落とす俺に、ノルン姉さんが心配そうな顔で訊《たず》ねてくる。

「初めてのパーティーで、若干気圧《けお》されてるだけだよ」

「ふふ、気持ちはよく分かります。私《わたくし》も、初めてパーティーに参加した時は気分が悪くなりましたから」

「──ふうん、神童さんも人混みには弱いのねぇ」

ノルン姉さんの言葉のあとに、聞き慣れない高い声が耳に届いた。女性……少女の声である。

振り返ると、俺たちの背後に二人組の女性が並んでいた。外見年齢を考えるに、先ほど喋《しゃべ》ったのは、向かって右側に立つ同い歳《おないどし》くらいの少女だろう。

人工灯《とう》から放たれる光を反射して、キラキラと金色の髪が輝いていた。肩から下まで伸びるそれを左手でさらりと撫《な》でると、どこか不敵に、しかし柔らかい表情で笑う。その際、髪の隙間から特徴的な長い耳が覗《のぞ》き見えた。あの耳は……。

「誰かと思ったら、引き籠もりで有名なモルガン公爵とその令嬢ですか。遥々《はるばる》帝都までやってきて疲れていません？　脆弱《ぜいじゃく》、ですからね」

「ノルン姉さん？」

同格の公爵家当主とその令嬢を前に、いつもの顔でさらりと毒を吐いた。

モルガン公爵と思われる女性の額に、薄《うつ》すらと青筋が見える。彼女たちはサルバトーレ公爵家とは違い、戦闘能力は高いが学者肌の一族。引き籠もり、というのはそういう意味を揶揄《やゆ》している。

「引き籠もり……あはは、言い得て妙ねぇ。でも、そちらも剣を振るしか能が無いと記憶してるわよ？」

笑みを変えないまま、少女のほうがノルン姉さんに言葉を返す。

隠す気もないほどの悪口だ。内心、俺は「ヤバい」と思った。直後、ノルン姉さんが濃密な殺気を少女に放つ。

「口には気を付けたほうがいいですよ、お嬢さん。モルガン公爵家が我が一族と同列に扱われているのは、あくまで建国に尽力した、という一点のみ。どちらがより上かは……ふふ、あなたの母親がよーく知っています」

「ッ……」

ノルン姉さんの圧を前に、蜂蜜色の髪の少女は一歩後ろへ下がった。

肩が震えている。無理もない。近くにいる俺でさえ、何度喰《く》らっても姉さんの殺気には慣れない。というか、姉さんが本気で暴れたら、止められるのはモルガン公爵とルキウスくらいのものだ。

「落ち着きなさい、若きサルバトーレの獅子《しし》よ」

鈴の音みたいな、どこか透き通る声が響く。モルガン公爵の声だ。

彼女はノルン姉さんの殺気を受けながらも、冷ややかな声で続ける。

「このような場所で、殺気を撒《ま》き散《ち》らすものではない。今宵《こよい》は宴《うたげ》。争いはみっともないと思わない？」

「……まあ、その通りですね」

フッとノルン姉さんの殺気が消えた。矛を収めてくれたことに安堵《あんど》する。

「──どひゃあ！　すんげぇ殺気が漏れてると思ったら、あんたらだったのか！」

一瞬、周りの空気が極寒のように冷たく、静かになった。それを振り払うように、陽気な声がモルガン公爵たちの背後から飛んでくる。

「この声は……ハァ……」

なぜかモルガン公爵の表情が崩れた。とても疲れ切ったものに変わる。

次いで、公爵たちの横から出てきたのは、ずいぶん背丈の小さな二人組。片方はおっさんだ。女性であるモルガン公爵の半分ほどの背丈に、胸元まで届く立派な白い髭《ひげ》。おまけに地味な茶色の髪とくれば……彼らが誰かは、嫌でも分かる。

武のサルバトーレ。叡智《えいち》のモルガン。そして——富のユーミル。

最後の三大公爵家が一角、ユーミル公爵家の当主と子息だ。

「お前たちも来ていたのか」

「そりゃあ、皇帝陛下に招待されたら来ないわけにもいくまいよ、モルガン。タダ飯にタダ酒が食べ放題、飲み放題なんだからな！」

ガハハ、と低く大きなユーミル公爵の声が廊下に響く。周りにいる騎士や貴族たちの視線が痛い。

この場には、帝国を支える公爵家の面々が揃《そろ》っている。唯一、俺たちの父は、先にホールのほうへ行ってしまったが。

「金は掃いて捨てるほどあるくせに、その貧乏性はなんとかならないの？」

モルガン公爵が目を細めて苦言を呈する。しかし、ユーミル公爵は気にした様子もなく答えた。

「タダほど嬉《うれ》しいものはない！　商人からすればな」

「タダより高いものはない、と前に言ってなかった？」

「商談に関してはな。パーティーはタダだからこそいいんだろうが」

「……あっそう」

あ、モルガン公爵が頭を抱えている。どうやら二人の関係はあんまり良好ではないらしい。相性が悪いのかもしれない。

「まあ、パーティーに参加したのは、食事だけが理由じゃないがな」

ちらりとユーミル公爵の視線が俺に向いた。先ほどまでの穏やかさは消え、まるで俺を観察しているようにじろじろ見てくる。

「モルガン、お前と同じ理由でもある。ワシらも気になっているんだ。天才一族サルバトーレ公爵家に生まれた、稀代《きたい》の神童をな」

つまり、目的は俺か。

「べ……別に我々は神童など気になっていない！　たまたま、偶然、気まぐれでパーティーに参加しただけだ！　勘違いしないで！」

「相変わらず素直じゃないのう。それはそれで可愛《かわい》げがあるとは思うが……お主もそうは思わんか？　ルカ・サルバトーレ殿」

「！」

ここにきて、ユーミル公爵が直接俺に声をかけてきた。さて、どう返事をしたものか。

少しだけ悩み、穏やかな笑みを浮かべて言った。

「俺からすれば、モルガン公爵は芸術作品のようにお美しい。さすがはエルフ。本日は、モルガン公爵を見られただけでも収穫ですね」

「ルカ・サルバトーレ⁉　な……何を！」

かぁぁぁっとモルガン公爵の顔が真っ赤に染まる。

もしかして、モルガン公爵は褒められるのが嫌なのか？　ノルン姉さんの殺気には真顔で返していたのに、子供の称賛には照れている。

なるほど、これがユーミル公爵の言う、モルガン公爵の可愛《かわい》げか。

「気持ちは分かるけど、ダ～メ。お母様を口説くなんてまだまだ早い」

口説いてねぇよ。社交辞令だ。

「お前は？」

「私？」

モルガン公爵令嬢に、俺は歩み寄る。物理的にも、心理的にも。

「ああ、お前の名前。そっちは俺のことを知ってるみたいだけど、俺はお前を知らない」

「……ルシア。ルシア・モルガン。これでも天才だって有名なのよ～？」

ルシアと名乗った彼女は、モルガン公爵とは雰囲気が違う。飄々《ひょうひょう》としているようで目付きは鋭く、甘ったるい声とは裏腹に明らかに俺を警戒していた。

しかし、反対に俺は感動する。

知らないと嘘《うそ》を吐いたが、本当はルシアのことをよく知っている。なぜなら彼女は、この世界の——ヒロインの一人だ。《モノクロの世界》のメインヒロイン。

俺がパーティーで会いたかった人物である。

「そうか。いい名前じゃないか。これからは天才同士、よろしくな、ルシア」

右手を差し出す。できる限り好意的に。

「なんか生意気～。でも、特別に仲良くしてあげる」

俺の差し出した右手を、何の躊躇《ちゅうちょ》もなくルシアは握った。

「いやぁ、若き世代が親睦を育むのは実にいいね。青春だねぇ。度胸もあるな。我が子もその輪に入れてほしいんだが……その前に、早くホールへ行かないと」

ユーミル公爵の声に、その場の全員がホールのほうを向いた。ちょうど、二階から下りてくる皇族たちの姿が見える。俺たちが話し合っている最中に、他の貴族たちは全員揃《そろ》ったらしい。

それは、パーティーの始まりを意味していた。

▼△▼

会話を途中で打ち切り、急いでパーティー会場に入る。

皇帝陛下のどうでもいいスピーチも終わり、再びホールには賑《にぎ》やかな声が響き始めた。

「ルカ、こっちに来い。ゼーハバルトにお前を自慢しに行くぞ」

パーティーが始まって早々、父ルキウスが俺を呼ぶ。皇族たちが控えている奥の別室に向かった。

「陛下、サルバトーレ公爵とルカ様がお越しです」

コンコン、と扉の前で待機していた執事が扉をノックする。続いて、端的に訪問者の名前を告げると、中から短く言葉が返ってくる。

「通してくれ」

「失礼いたします」

許可をもらい、二枚扉を開けて室内に入る。広々とした一室には、皇帝陛下と皇后、それに……皇后によく似た青色髪の少女がいた。

「久しぶりだな、ルキウス。パーティーに参加してくれて嬉《うれ》しいぞ」

扉が閉まり、早速、皇帝陛下がルキウスに声をかける。傲慢で最強の父も、皇帝陛下の前では猫を被《かぶ》っていた。

「お久しぶりです、陛下。こちらこそ、パーティーに招待していただきまことにありがとうございます」

一礼。俺も父に倣《なら》って頭を下げる。

「隣にいるのが、公爵の息子にして神童と名高いルカ殿かな？」

「はい」

「ルカ・サルバトーレです」

短く俺も答える。

「そうかそうか。父親譲りの黒髪に、母親譲りの美貌だな。女装しても似合うんじゃないか？」

「お戯《たわむ》れを……」

軽くいなすが、内心、「はぁ？　俺が女装なんかしても気持ち悪いだけだろ」と文句を垂れる。

だが、意外と子供だから似合うかもしれないな。ムキムキの体さえ隠せれば。

「実はルカ殿に会わせたい子がいてね。紹介しよう。我が娘、コルネリアだ」

「どうも、こんにちは。帝国の獅子《しし》サルバトーレ家のお二人に会えて光栄です」

皇帝陛下が紹介したのは、陛下の右隣に座っていた青色髪の少女。人当たりのいい笑みを浮かべているが、緑葉の如《ごと》き緑色の瞳からはひしひしと闘争心が伝わってくる。ゲーム通りのキャラクターっぽいな。

コルネリア・ゼーハバルト。

彼女もまた、ルシアと同じ《モノクロの世界》のメインシナリオに登場するヒロインだ。ルシアは悪役寄りだが、コルネリアは味方サイドのキャラ。懐《なつ》かしい顔に、思わず笑みが零《こぼ》れかける。

「コルネリア殿下といえば、たいそうな才能を持って生まれたとか」

「うむ。親馬鹿だと思われるかもしれないが、この子は天才だよ。八歳にしてオーラを覚醒させた。他にも、祈禱《きとう》と魔法に適性を持っている」

「八歳……」

ルキウスが目を細めてコルネリアを見つめた。

八歳というのは、ルキウスやノルン姉さんがオーラを覚醒させた歳《とし》より若い。それだけを考慮するなら、確かに驚くべき才能だ。

しかし、大事なのはその才能の限界点。

残念ながら、コルネリアのオーラはどれだけ頑張ってもルキウスやノルン姉さんには遠く及ばない。原作であの二人を倒せるのは、世界の外側からキャラクターを動かしているプレイヤーだけだった。

「素晴らしい才能だろう？　ルカ殿には及ばないが、ノルン嬢になら迫るかもしれない」

「なるほど。最初からルカとコルネリア殿下を引き合わせるために私を呼んだのですね」

「ああ。できれば手合わせをしてもらいたい」

「手合わせ？」

俺の呟《つぶや》きに、皇帝陛下が満面の笑みで頷《うなず》く。

「コルネリアたってのお願いでね。自分をも超えるルカ殿の才能を、直接見たいそうだ。どうかな？」

「構わないですよ。なあ？　ルカ」

俺の代わりにルキウスが答える。無論、俺も問題ない。

「はい。父上が命じるなら、俺は誰とでも戦います」

「やった！」

コルネリアがグッと拳を握り締めてガッツポーズを作る。彼女が提案したっていうのは本当らしい。てっきり、皇帝陛下が娘を自慢したいだけなのかと思ってた。

「決まりだな。パーティーの最中で悪いが、訓練場へ移動しよう」

皇帝陛下を先頭に、俺たちは全員で訓練場を目指す。

さて……今のコルネリアの実力は、どれほどのものかな？

▼△▼

ゼーハバルト皇家に仕える騎士団が、普段利用している訓練場の一角にやってくる。

俺とコルネリアは共に木剣を手渡され、中央に向かった。三メートルほど距離を取って、互いに剣を構える。

「それではこれより、コルネリア殿下とサルバトーレ公子様の模擬戦を始めます。能力の使用は構いません。相手を無力化するか、降参させたほうが勝ちです」

審判役は皇帝陛下の護衛が務める。他の者たちは、少し離れたところで俺たちの戦いを見守る。

「えへへ。全力で楽しもうね、ルカ！」

「はぁ……よろしくお願いします、殿下」

向こうはやる気満々みたいだが、俺は違う。自分の実力を客観的に見るいい機会だ。慎重に、相手の動きを確認しながら攻める。

それでいうと今回はマテリアを使わない。彼女に合わせてオーラだけで戦う予定だ。

やや後ろに体を落とし、防御の構えを取った。直後、審判役の男性が振り上げた右手を勢いよく下ろす。

「――試合開始！」

その宣言と同時に、コルネリアが真《ま》っ直《す》ぐ斬り込んできた。

すでにオーラを解放しているのか、尋常ではない動きだ。左から迫る剣を防御する。俺の握り締めた木剣を伝って、かなりの衝撃が手に流れてきた。

「あはっ！　さすがに一撃で倒せるはずもないかぁ」

残念そうに言って、コルネリアは一度剣を引っ込めた。そこからは怒濤《どとう》の攻めを見せる。上下左右、斜めを使って木剣をでたらめに振るった。まるで豪雨にでも晒《さら》されているかのようだ。

全ての攻撃に全力を注いでいるのか、このまま防御していたら手が痺《しび》れるな。

「どうしたの？　ルカ。防戦一方じゃん。もっともっと、私を楽しませてよ！」

攻撃を続けながらコルネリアが吠《ほ》える。

彼女は、天才ゆえに孤独。サルバトーレ家の人間に並ぶ才覚を持って生まれたが、ゼーハバルトの環境ではその才能を遺憾なく発揮することはできなかった。端的に言うと——誰もコルネリアの才能に追いつけなかった。

俺に戦いを挑んだのもそれが理由だろう。自分以上の才能を持つ俺なら、自分の遊び相手になるかもしれない、と。

だが悪いな。俺は最強を目指している。お前の遊び相手にはならないよ。

幾度も剣を交え、しかしコルネリアの剣は、一度も俺の体を掠《かす》ることすらない。徐々にコルネリアの息が上がっていく。

「どうしました？　コルネリア殿下。辛《つら》そうに見えますよ」

涼しい顔で、先ほどのコルネリアと似た台詞《せりふ》を吐く。すると、彼女は苦しそうに顔を歪《ゆが》め、さらにオーラの放出量を上げる。全身がハッキリと青色の光に包まれていた。

これじゃあ模擬戦ではなく殺し合いだ。オーラを使えば、木剣でも軽々と人は殺せる。この女、俺を殺す気満々じゃねぇか。

やれやれ、と内心でため息を吐く。しょうがないので、俺もオーラの放出量を上げた。コルネリアの一撃を正面から――弾《はじ》き返《かえ》す。

「なぁっ⁉」

全力の一撃が初めて弾《はじ》かれ、衝撃が彼女を襲う。

空中でくるりと一回転してから地面に着地した。体幹も悪くない。鍛え上げれば、カムレンより遥《はる》かに強くなる。

「そろそろ、こちらからも攻めますよ？　怪我《けが》にはご注意ください」

言って、俺はゆっくりとコルネリアに近付く。反対に、コルネリアは一歩後ろへ下がった。

「コルネリア……？」

遠くから、彼女の父親である皇帝陛下の怪訝《けげん》な声が聞こえてきた。

いきなり弱腰になったコルネリアに何かを感じたのか。けれど、彼女を責めることは誰にもできない。天才である彼女だからこそ、俺との差を敏感に察した。察してしまった。

そう。今の俺は、コルネリアが扱う倍のオーラを放出している。肌で感じるのだ、圧倒的な力の差を。

「嘘《うそ》……ありえない……なんで、こんなオーラ……」

「――試合の最中に、気を抜くなよ」

「ッ⁉」

コルネリアが一瞬油断する。そこへ、一足で距離を詰めた俺が彼女の懐《ふところ》に入った。もう反撃は間に合わない。

わざとコルネリアが防御できる時間を作り、木剣を盾にした瞬間、その盾を叩《たた》いた。

濃密に練り上げられた、お互いのオーラが衝突する。紺碧《こんぺき》はまるで波のように激しくエネルギーをぶつけ合い、空気を震わせ、より放出量の多い俺の一撃が勝った。冗談みたいにコルネリアの体が吹っ飛ぶ。

オーラ量に差がありすぎると、防御してもほとんど意味が無い。衝撃が防御を貫通し、地面を何度も跳ねながら、最終的に壁に激突して止まる。地面に倒れたコルネリアは、二度と立ち上がることはなかった。一撃で意識を刈り取っている。

「…………」

その場にいた誰も、言葉を口にしない。

父ルキウスだけは、誇らしげにドヤ顔を浮かべている。だが、他の者たちは唖然《あぜん》としていた。特に皇帝陛下と皇后。自慢の娘が一撃で負けるとは思ってもいなかったのか、どちらも口はおろか、脚を動かすことすらできていない。

しばしの沈黙が流れ、ようやく皇帝陛下が動き出す。

「コ……コルネリア！」

急いで倒れたコルネリアのそばに駆け寄る。娘が気絶しているだけだと分かると、あからさまにホッとしていた。

「見事だったぞ、ルカ。オーラの総量がずいぶんと増えたな」

「ノルン姉さんのおかげです」

「うむ。あいつをお前の指南役に選んでよかった。順調で何よりだ」

静寂が切り裂かれ、ここぞとばかりにルキウスが俺を褒める。

皇帝陛下と皇后は複雑な表情を作るが、それでも試合を提案した手前、俺を褒めずに終わるのは認められない。ひくひくと頬を痙攣《けいれん》させながらも、言葉を捻《ひね》り出《だ》す。

「さすが……サルバトーレ公爵家の神童だな。我が娘コルネリアをあっさり破るとは……」

「いえ、接戦でした。コルネリア殿下は間違いなく天才ですね」

「ぐっ！」

俺の言葉に、皇帝陛下は悔しそうな顔で唇を噛《か》む。

単なる皮肉だからな、そりゃあ悔しいだろう。だが、コルネリアが頭角を現してから少しずつ傲慢になってきた皇帝陛下にはいい薬だ。結局のところ、最強と呼ばれるのはサルバトーレ公爵家だけ。それが誇示できた。ルキウスも珍しく笑っている。

「陛下、我々は先にホールへ戻ります。よろしいですか？」

「……ああ。すまなかったな」

半ば奪う形で許可をもらい、俺とルキウスは訓練場から立ち去った。

実に清々《すがすが》しい気分である。俺の今の実力は、ゲームでも最強格の一人コルネリアに通じた。

いや、むしろ圧倒した。

このまま努力を怠らず実力を伸ばせば、最強へ手をかけるのもそう遠い未来じゃない。

「ルカ」

思考の途中、ルキウスが背後に並ぶ俺に声をかける。

「今後も負けることは許さん。サルバトーレ公爵家の人間なら、常に勝ち続けろ」

「分かっています。例え家族が相手だろうと、俺は負ける気はありませんよ」

「ならばいい。成果は出した、残りの時間は楽しめ」

「はい」

とはいっても……パーティーなんて興味はない。

長い廊下を歩きながら、ふと、リリスは何をやっているのか気になった。騒動を起こしてなきゃいいんだけど。

▼△▼

「ああ、麗《うるわ》しきレディ！　私と一曲、踊っていただけませんか？」

ホールに戻って早々、見たくないものを見てしまった。

どこぞの貴族子息が、食事を楽しんでいるリリスに声をかけている。あいつ、胸と性格以外は完璧だからな。

俺のほうも、ホールに戻るや、多くの貴族令嬢からダンスを申し込まれた。みんなきゃーきゃーうるさくて敵《かな》わない。疲れていると言って全部断ってきたが、これなら一曲くらい踊ってもよかったな。

「ダンス？　私と、あんたが？」

「はい！　私はビーゼル子爵家の――」

「悪いけど、今は忙しいの。まだ食べていない物が多くて」

「なっ⁉」

あっさり断られて、ビーゼル子爵子息がショックを受ける。膝を床につけ、リリスに右手を差し出したポーズのまま固まっていた。

「神っていうか悪魔だな」

人前であんなストレートに振るとは。周りからひそひそ笑われている。

「……ん？　あ、ルカ！　戻ってきたならこっちに来なさい！　ルカには特別、私が見つけた美味《おい》しい食べ物を教えてあげるわ」

「げっ」

嫌なタイミングで声をかけられた。

フラれた子爵子息はもちろん、様子を見ていた他の貴族子息・令嬢たちの視線も俺のほうへ殺到する。

非常にきまずい。だが、リリスを無視してキレられても面倒だ。肩をすくめ、渋々彼女のほうへ歩みを進める。

「ほら、これを食べてみなさい、ルカ。美味《うま》いわよ」

「お前、ずっと食事してたのか？　パーティーに来て？」

「うん！　ひたすら私の独壇場だったわ！　なぜか誰も食べに来ないの。もったいない」

「……そうか」

コルネリアと戦っててよかった。そばにいたら恥ずかしくて顔を覆っていたかもしれない。

結局、馬鹿食い女の知り合いと認知されているわけだが。

「き……君！」

リリスに勧められた肉を食べていると、後ろから先ほどの子爵子息に話しかけられる。

「なんですか？」

「その子は君の婚約者かい⁉」

「違います」

即答する。

「こんな陰湿な奴《やつ》の婚約者とかやめて」

「ぶっ飛ばすぞ。こっちこそ、お前みたいなガサツな女、断る」

「あぁん？」

「なんだこら？」

子爵子息を放って俺とリリスが睨《にら》み合《あ》う。

こいつには序列というものを叩《たた》き込まないとダメだな。そう思っていると、

「な……ならば！ 彼女を私に紹介してくれないか⁉ 一回くらいは踊っておきたいんだ！」

「と、言われてもな」

「——ルカ！ ここにいたんですね」

「ノルン姉さん」

今度はノルン姉さんがやってきた。彼女を見た途端、子爵子息は喉を詰まらせる。顔中から汗がびっしりと溢《あふ》れ出《だ》していた。

「ノルン……サルバトーレ様？ 彼女が気安く声をかける相手なんて……あ、黒髪……」

ノルン姉さんと俺を交互に見て、同じ髪色だと今さらながらに気付く。

「まさか……サルバトーレ……公子様？」

「ああ」

素直に答える。直後、子爵子息は目玉が飛び出るんじゃないかと思えるほど驚く。目も口も大きく開き、汗を滝のように流しながら叫んだ。

「す——すみませんでしたあああぁ！」

「逃げた」

ウサギもかくや、という速度で子爵子息は姿を消した。ノルン姉さんが日頃からどれだけ恐れられているのかよく分かる。この場合、恐れられているのはサルバトーレ公爵家全体だろうが。

「？　今の男はなんですか？　ルカの友人？」

「初めて帝都に来たのに、友達がいると思う？」

「確かに、言われてみればそうですね。それに、あの程度の人間を友人とは呼びません。友達付き合いも相手を選ばなくては」

「思想が強いね」

選ばれた者は、同じく選ばれた者とつるむべき、とノルン姉さんは言っている。

俺もその意見に賛同する。腐ったミカンが近くに置いてあると、どれだけ高級なミカンも腐る。それと同じだ。

能ある鷹《たか》は爪を隠さず、脳ある鷹《たか》と仲良くすべし。お互いにそれが一番効率的だ。

「それよりルカ、皇帝陛下との話し合いが終わったのなら、私に付き合ってください」

「付き合う？」

「踊りましょう。身長差など気にしなくていいですよ」

「姉さんが気にしなくても、俺が気にすると思うけど？」

「お姉ちゃん特権です」

「……さいで」

はなから俺に拒否する権利はなかった。

ノルン姉さんに腕を摑《つか》まれ、半ば無理やりホールの中央へ移動する。ホールの中央では、俺たち以外にも多くの貴族子息・令嬢がダンスを楽しんでいた。

階段そばに並んだ楽団員が、耳当たりのいいBGMを奏《かな》でる。その音楽に合わせて、俺とノルン姉さんも踊る。

幸い、貴族子息として最低限のマナーや教養は叩《たた》き込まれている。いきなりとはいえ、ダンスの一つや二つくらい簡単だ。ルカ……この体は、物覚えもすこぶるいい。

妙に嬉《うれ》しそうなノルン姉さんの手を取り、束《つか》の間《ま》の安らぎを感じる。たまにはこういうのんびりとした時間も悪くない。先ほど、皇女殿下と刃を交えたばかりだから余計に。

最終的にノルン姉さんが満足するまで、俺は五曲も付き合うハメになった。

▼△▼

コルネリア・ゼーハバルトは天才だ。

幼い頃から大人たちの言葉を理解し、誰に言われるでもなく様々な知識を身に付けた。齢《よわい》八の頃にはオーラも覚醒させ、そこからたった二年で現役の騎士すら称賛するほど強くなった。

彼女は自分が特別な人間だと知っている。

両親を含めて周りは凡人だらけ。誰と話していてもコルネリアの心が満たされることはない。いつも空虚で、寂しく、ただただ虚《むな》しい。

そんな彼女は、皇族主催のパーティーに参加して、ようやく出会えた。自分と匹敵する、あるいは凌駕《りょうが》するほどの天才に。


「くふっ……くふふふ」

ベッドの上でコルネリアが転がる。

先ほど、ルカに叩《たた》きのめされた彼女は、自室で目を覚ました。すぐに状況を把握し、記憶を漁《あさ》って自身の敗北を思い出す。

思い出した直後、不思議と笑みが零《こぼ》れた。

「まだ背中の痛みが消えない……」

それはルカとの戦いで負った傷。

本来なら祈禱《きとう》が使える神官に治してもらうべきだったが、意識を取り戻した彼女は、部屋に呼ばれた神官の治療を拒否した。この程度なら問題ないと。

しかし、本当は凄《すご》く痛む。今はベッドの上に寝転がっているから、余計に患部が擦れて痛む。

「でも、いい。初めての激痛が、なぜか心地いいの」

彼女は皇族だ。いくら才能があっても、周りが自然と手を抜く。怪我《けが》をさせないように恐れ、ほとんど実戦を経験したことはない。

だからか、人生で初めて味わう激しい痛みに、彼女は感動した。

例え自分がどこの誰であろうと、女だろうと容赦しない。そういうルカの非情さに、彼女は強い興味を示した。

「ルカは私を見てくれる。私を平等に叩《たた》いてくれる。私の前を歩いてくれる……」

ああ、なんて幸せなことだろう。

コルネリアは心がどんどん温かくなっていくのが分かった。

初めて自分が孤独じゃないと知り、初めて誰かを考えて嬉《うれ》しくなる。まだまだ子供だからか、今の彼女は単純だった。

「ルカは、私を特別扱いしない」

その気持ちが何なのか、まだコルネリアは知らない。想《おも》いはきっかけに過ぎず、ハッキリとした形にはなっていない。

踏み出したばかり。明確な愛情ではないけれど……ルカの知らない所で、世界の運命が大きく変わった。

無意識に、自然と、そして——いい方向に。

「また、会えるかな？　また、戦ってくれるかな？」

ベッドの上でコルネリアは自分の体を抱き締めた。

ほんのりと、優しい熱を感じる。

四章：主人公

異世界転生。

五歳の頃に前世の記憶を思い出した俺は、死にたくない、奪われたくない、奪う側に回りたいという目標を掲げて、数年もの間、厳しい訓練に耐えてきた。

ある時はサイラスに剣術を学んだり。

ある時は長女ノルン姉さんにオーラを教わったり。

ある時は八歳で雪山に行き、サバイバルを強いられたり。

ある時は帝都へ行き、そこで原作ヒロインのコルネリアと刃を交えたり。

まあ、あれだ。ほどほどに異世界を堪能《たんのう》していた。

辛《つら》く苦しいこともたくさんあったし、むしろそういう記憶ばかりが脳裏を過るが、実力を付けると生きやすい世界でもある。

それゆえに俺の目標は変わらない。できる限り長く生きて、もう誰にも何も奪われない。邪魔する奴《やつ》は消す。

そんな意識のまま、気付けば前世の記憶を思い出してから――十年もの歳月が経《た》った。

「ルカ様、よくお似合いです」

自室に置いてある姿見の前で、制服に袖を通した俺に、背後から専属メイドが称賛の声を上げた。

「制服は誰にでも合うように作られてるだろ」

十五歳の誕生日を迎えた俺は、その年から帝都にあるアルスター国立学院へ通わなくちゃいけない。貴族としての箔《はく》を付けるために。

ただ、父であるルキウス・サルバトーレは、学院に通わなくてもいい――と言ってくれた。あのノルン姉さんでさえ、一年は学院に通っていたというのに。

それだけ俺の才能に注目してくれるのは嬉《うれ》しいが、俺はその提案を断った。

実は、俺は学院に行きたい理由がある。

サルバトーレ公爵家は、オーラを学ぶのには適しているが、他の能力、例えば《魔法》や《祈禱《きとう》》を習うことはできない。精々が、常駐している神官に祈禱《きとう》の基礎を教えてもらうくらいだ。

しかし、それでは成長が遅すぎる。せっかく俺には最低でも二つの能力に対する適性があるんだ、それを活《い》かしていろいろ学ばないともったいない。

　そういうわけで俺は、これから馬車で学院に向かう。すでに一ヶ月ほど前から帝都で生活したが、首都だけあってなんでもあるな、この街には。

　ゲーム《モノクロの世界》のメイン舞台でもあるが、帝都に近づかなきゃ俺の人生は安泰というわけでもない。

　逆だ。力を得られる環境に身を置かなきゃ、いずれ俺は家族の誰かに殺される。実家より遠く離れた帝都のほうが安全とは、実に複雑だな。

「ルカ様以上に制服が似合う人はいませんよ。社交界でも大人気ではありませんか」

「色恋に費やしている時間はない。俺は、他にやるべきことがある」

「さすがはサルバトーレ。他の方々もそうですが、ルカ様も同じで安心しました」

「わざわざ俺を試すな。不快だぞ」

「申し訳ございません」

　メイドが頭を下げて謝る。だが、その表情には憂いの感情は見えない。どうせ過保護な父に厳命されているのだろう。俺が余計なことに興味をもたないように、と。

「ねぇ、ルカ。この服、脚がすーすーするわ」

　ベッドに座っていたリリスが、俺と同じ色の女性用制服のスカートをつまみながら文句を垂れる。

「スカートはそういうもんだ。我慢しろ」

「えぇ……こんな服で歩いていたら、下着が見えるんじゃない？　見たい？」

「見せるな。羞恥心を持て」

「ルカは別にいいの。あなたに見られても、私はなんら恥ずかしくないからね」

「お前が恥ずかしくなくても俺は恥ずかしいんだよ、馬鹿」

まったく……こいつは、昔から何も変わらないな。

　リリスとの付き合いも、今年で十年になる。彼女は昔から、俺の前で平気で服は脱ぐし、風《ふ》呂《ろ》にまで入ってくる。契約者は異性に含まれませんってか？　それはそれでムカつく。

　十年という歳月で、俺は自分でもビビるほどカッコよくなった。それこそ、パーティーに出席すれば十人を超える令嬢に周りを囲まれるくらい。婚約を申し込む手紙も山のように届く。

　そんな俺を前に、自分で言うのもなんだが、平然と裸でいられるこいつはおかしい。俺のほうも、リリスの裸や下着を見ても何も感じなくなったが。

「それより、学院では大人しくしてろよ」

「私に命令しないで。食事くらいしか楽しめるものはないんだし、暴れたりしないわよ」

「嘘《うそ》くさ」

「お前ー！　最近生意気よ！」

　弾《はじ》かれたように立ち上がって、リリスが拳を振るう。彼女の手首を掴《つか》み、攻撃をキャンセルした。

「成長したってことだよ」

「何が成長よ。元からおっさんのくせに」

「誰がおっさんだ」

リリスは俺が転生したことを知っている唯一の存在。前世を含めれば確かにおっさんと言える歳《とし》ではあるが、まだ若いから。体は。

「アホなこと言ってないで行くぞ」

「はいはい。どんな食べ物があるのか、今から楽しみね」

「ほんと、食い意地ばっかりだな、お前」

「人間の作る食べ物は美味《おい》しいもの。オススメの料理が見つかったら、ルカにも教えてあげる。特別よ？」

「はいはい」

食いしん坊の神様が相変わらずで嬉《うれ》しい限りだ。

俺はため息を吐きながら、メイドとリリスを連れて外に出た。馬車で学院まで移動する。

▼△▼

整備された石畳の上を、馬車がスムーズに移動していく。

しばらくすると、皇城に次いで大きな建物――アルスター国立学院が見えてきた。

「前にも見学しに来たけど、本当に無駄に大きな建物ね」

窓越しにリリスが学院の外観を眺める。

「珍しく意見が合うな、リリス。俺も、学院の規模に関しては無駄だと思ってる」

多くの生徒に知識や技術を教える以上、建物や敷地《しきち》の範囲が広く、大きくなるのは当然だが、それにしたって無駄にデカい。無駄に広い。意味不明な用途に使われる建物もあるし、完全に金の無駄遣いだ。俺に必要なものだけ置いてあればいいのに。

「でも、料理人がたくさんいるのは気に入ったわ。ダイニングルームも恐ろしく広かったしね」

「学院じゃ、位に関係なく食事を取る。いわゆるバイキングに近い形式だな」

仲を深めるためだとかなんとか。同じ釜の飯を食っても、俺はそいつらに感情移入なんてしない。無意味だと思う。人間は意外と冷たい生き物だ。

「ふふふ。私も生徒よ。倒れるまで食べ続けるわ！」

「やめとけ。笑われるぞ」

ついでに俺もな。

「倒れるまで、って言うのは冗談だけど、たくさん食べるわ。例えルカが立ちはだかろうともね」

「馬鹿みたいに目立たなきゃいい。無理だとは思うが」

ダイニングルームの一角に積み上げられた皿の山を見れば、誰だって意識がそちらへ向く。食事の時間は、リリスとは別行動したほうがよさそうだな。

馬車が学院の正門をくぐる。一本道を真《ま》っ直《す》ぐ進んでいくと、やがて四階建ての校舎が見えてきた。建物の中へ続く入り口の前で馬車を停《と》め、そこから先は三人で歩いていく。他の生徒たちも同様に、メイドを連れて続々と建物の中へ入っていった。

「今日は何かあるの？」

歩きながらリリスが問いかけてくる。

「ダイニングルームに集まって、学院長の話を聞くんだよ。入学式ってやつだな」

「ふうん。ダイニングルームってことは食事が出るのね!?」

「なわけねぇだろ。まだ朝だぞ」

残酷な現実を告げると、リリスがしょぼんとした表情を浮かべる。本気でショックを受けていた。

「そうなの……入学式というのはつまらないものね……」

「まあな。適当に話を聞き流してろ。すぐに終わる」

学院長の話は長い。前世での常識だ。しかし、この学院の学院長はあの女……どうせすぐに終わる。

メイドに荷物を男子寮の自室へ運ぶよう指示を出し、俺とリリスは先にダイニングルームへ向かった。

この学院は全寮制。入学した生徒はもれなく学院側が用意した寮に入る。学院の外に出るには、担当の教師の許可をもらわないといけない。それ以外では、たとえ休みの日であろうと外出は不可能。

一度入学すれば、卒業するか退学するかの二択。実力を向上させるために、生徒たちはギチギチに縛られる。俺からしたら、これ以上ない環境だ。

ダイニングルームに足を踏み入れる。すでに多くの生徒が集まっていた。奥には教師陣の姿も。学院長も椅子に座っている。

「……ん？　あの先頭にいる女、五年前に見たエルフの女に顔が似てるわね」

「ルシアだろ。よく覚えてたな」

「あの女はなかなか才能あるからね。できる奴《やつ》は記憶に残るわ」

「そうか。あいつはこの学院の学院長だ。名前は——アリア・モルガン」

ルシアの叔母にあたる人物だ。現モルガン公爵の妹だな。ゲームだと孤高の性格で、どことなくウチのノルン姉さんに似ている。

「結構強いでしょ、アリアとかいう女」

「ああ。少なくともこの学院で彼女に勝てる奴《やつ》はいない」

「あんたも？　ルカ」

「無理だな。今正面から挑んでも、彼女を超えられるとは思えない」

アリア・モルガンは、モルガン公爵家の中でも異例の経歴を持つ。当主を目指すルシアと違い、当主に手を伸ばせば届くであろう器であったにもかかわらず、彼女はその地位を捨てた。

設定によると、世界を見て回るのだと言い、数十年にもわたる旅の末にこの学院の学院長に落ち着いたらしい。

思えば、なぜ彼女は学院長などになったのだろうか？　性格からすると、学院に縛られるタイプには見えないが……。

適当な席にリリスと共に座りながら、ふとそんなことを考える。すると、急にアリアの視線がこちらを向いた。露草色の瞳が俺の顔をじっと捉える。

「ねぇ、ルカ」

「見てるな……こっちを」

「というより、あなたを見てるわ。知り合いなの？　名前を知っていたようだけど」

「いや、俺は彼女のことを一方的に知っているだけで、一度も顔を合わせたことはない。初対面のはずだが……」

どうして数百を超える生徒の中から、俺だけを見ているのか。

視線が眉間に刺さっている。感覚からして、アリアが俺を注視しているのは間違いないが、その理由までは分からなかった。

疑問ばかりが増えていく中、定時になって学院長のスピーチが始まる。

彼女の挨拶は酷《ひど》く端的だった。「入学おめでとう、そしてこれからの活躍に期待している」

――それだけ。思わず生徒たちは静まり返り、アリアの後ろに座る多くの教員たちが頭を抱えていた。

予想通りアリア・モルガンは、なかなかに癖の強い人物らしい。さらに疑惑が増えたが、入学式はつつがなく終了する。

▼△▼

担当の教師に連れられ、俺とリリスを含む三十名もの生徒が、中央棟から向かって左側にある第三施設棟へ足を踏み入れた。

ここは別名《訓練場》。

学院に在籍する生徒なら、許可さえ貰《もら》えばいつでも利用できる場所だ。十を超える幾つもの施設が並んでおり、オーラ、魔法、祈禱《きとう》、呪詛《じゅそ》、召喚術など、能力に合わせた設備が利用可能。

なぜ教室ではなく、いきなり訓練場に連れてこられたのか。それは、学院長アリア・モルガンに代わってスピーチを続けた副学院長が、「この後、入学生全員の実力を測ります。訓練場へ移動し、クラス内で模擬戦を行ってください」と言ったからだ。

一応、俺は卒業生であるノルン姉さんからこのことを聞いていた。ちなみにノルン姉さんは、数年前の入学生同士の模擬戦で、たった一撃で相手をノックアウトしたらしい。倒された相手は骨が数本折れていたとか。

俺もしっかりサルバトーレらしく結果を残さないといけない。少なくとも負けることは許されない。

「さて……まずは誰と誰を戦わせるか……」

足を止め、振り返った男性教師が俺たちの顔を見つめる。

「まあ、無難にお前にしておくか、ルカ・サルバトーレ」

「相手は？」

選ばれる気がしていた俺は、即座に返事をする。

「中途半端《ちゅうとはんぱ》な奴《やつ》に任せると死にかけるだろうし……おい、お前がやれ、エイデン」

男性教師に呼ばれたのは、俺の遥《はる》か後ろに並んでいた茶髪の男子生徒。他の生徒たちの間をすり抜け、俺の隣に並ぶ。

その男の顔を見た途端、俺は強い衝撃を受けた。

「お……お前は……」

優男《やさおとこ》風の平凡な顔立ちに、焦げ茶色の髪。瞳は黒。モブでよくある顔立ちだと思う反面、俺の記憶に焼きついている容姿でもあった。

俺の記憶が間違っていなければ、こいつは……ゲームの主人公だ。

厳密には、ユーザーが操るキャラクター。その初期設定の容姿に酷似している。

俺は最初、外見情報を変更するのが面倒で、半年ほど初期設定のままゲームをプレイしていた。だから、どこか馴染《なじ》みのある姿だ。

「？　あのー……ルカ様？　俺の顔に何か付いてますか？」

俺がエイデンの顔を凝視するものだから、彼は怪訝《けげん》な表情で首を傾《かし》げる。そこではっと視線を横に逸《そ》らしたが、心臓はバクバクと早鐘を打っていた。

この学院に入学する頃には、ゲームの主人公――のような存在と顔を合わせる予感はしてた。だが、それはあくまで学院の外。十五歳になったら顔を合わせるだろう、という酷《ひど》く曖昧な予感だった。

けど、この状況は俺の想定外。なぜならプレイヤーが操るキャラクターが、ヒロインや悪役の通う学院に生徒として入学するなんて展開は、原作には無い。

初めて直面する、メインシナリオに最も近いイレギュラー。俺は果たして、こういう状況でどう動けばいいのか。一瞬、頭が真っ白になる。その意識を覚醒させてくれたのは、生徒の中から一歩前に踏み出した、馴染《なじ》みのある女性だった。

「ちょっと待ってください、先生。私、不満です」

コルネリア・ゼーハバルト。

ゼーハバルト帝国の皇女にして、俺とはそれなりの付き合いになる人物だ。

帝都に行く度に、彼女にせがまれてよく剣を交えた。学院入学前も、頻繁に我が家に訪れている。

「ルカの相手は私にしか務まりません。それを、どこの馬の骨とも分からぬ者に……」

じろり、とコルネリアがエイデンなる男子生徒を睨《にら》む。

担任の教師は深いため息を吐いたあと、後頭部をかきながら答えた。

「あいつは特待生です。優秀な成績を修めてる。どこまでルカ・サルバトーレと戦えるのか、俺が見たいんですよ」

「それなら、私がその特待生とやらを殺します。くふふ。それで丸く収まるでしょう？」

「模擬戦で生徒を殺さないでください……」

「そうだぞ、コルネリア。俺の獲物を奪うな」

「ルカ……」

呆《あき》れる先生に同意を示し、俺からもコルネリアに言う。

「お前は自分の番まで大人しく待ってろ。相手はあとでしてやる」

「！　分かった、ルカ。大人しく待ってるね？　約束だよ？」

「ああ」

まるで犬のように瞳を輝かせ、その場で直立不動になるコルネリア。彼女から視線を外し、再びエイデンを見る。

最初は俺も動揺したが、原作主人公と戦えるなら都合がいい。やがて世界最強になるこの男に、俺はどこまで通用するのか確かめるとしよう。

「コルネリア殿下を止めていただき、ありがとうございます、ルカ様」

俺と目が合ったエイデンは、ぺこりと律儀《りちぎ》に頭を下げる。

「気にするな。そんなことより、本気でかかってこい。手加減したら——殺すぞ？」

お互いに教師から手渡された木剣を構える。

エイデンがニヤリと笑った。

「手加減なんてしませんよ。ルカ様に……あのサルバトーレ公爵家に勝つには、本気でいかないと！」

「俺に勝てると思っているのか」

「そのために、鍛えてきましたから」

「……身の程を知れ」

空気がひりつく。

殺気に似た感情がぶつかり合い、タイミングよく教師の声が響いた。

「準備はいいな？　それじゃあ、模擬戦——開始！」

教師が手を振り下ろした瞬間、俺とエイデンは同時に青色のエネルギーを纏《まと》う。オーラだ。さすがに十五歳なだけあって、エイデンも当然のようにオーラが使える。

「行きますよ、ルカ様！」

先手は主人公。

身体能力を強化した状態で地面を蹴る。一足で三メートルもの距離が潰れた。剣は上段。迷いなく俺の左肩を狙って振り下ろす。俺もまた、オーラを纏《まと》って剣を盾に。相手の攻撃をガードする。

乾いた音と、凄《すさ》まじい衝撃が重低音を響かせる。とても木剣同士がぶつかり合う音には聞こえない。地面がわずかに砕け、衝撃が体を巡る。

「一撃では倒れてくれませんか！」

「当たり前だろ」

エイデンは笑顔を浮かべている。屈託のない、心底楽しそうな顔だ。

まさかとは思うが、本当に今の攻撃で俺が倒れるとでも思ったのか？　だとしたら、どうやら俺はずいぶんと舐《な》められているらしい。

確かに主人公には才能がある。ゲームと同じなら、オーラ・魔法・祈禱《きとう》・呪詛《じゆそ》・召喚術の五つの力が使える。その上で、本来は複数の能力に適性を持つ者は、一つの能力の上限が低く設定されているが、主人公にこのデメリットは存在しない。

奴《やつ》は、全ての能力を百パーセント引き出すことができる。

「だったら……！」

エイデンの速度が上がる。一瞬で俺の背後に回ると、右手を前に突き出して叫んだ。

「魔法でどうだ！」

「なっ⁉」

俺はわずかに体を捻《ひね》り、再び木剣を盾にする。直後、エイデンの右手から放たれた大きな火球が、俺の視界を真っ赤に染め上げた。

爆音。爆風を浴びて後ろに下がる。オーラを放出しているおかげでダメージはなかった。しかし、

「このレベルの魔法が使えるのか……」

俺は素直に驚いた。

「へへ！　結構凄《すご》いでしょう？　頑張って練習したんですよ」

胸を張るエイデン。それに対し、俺は、

「――ハァ。ガッカリだ」

深いため息を零《こぼ》した。

「ガ……ガッカリ⁉」

「さっきのオーラが全力でなければいいんだが、仮に全力だったら勝負はついたな。予想より

「……弱い」

やれやれと肩を落とす。

当初、俺の予測ではもう少し苦戦すると思っていた。だが、オーラの放出量も大して高くない上、そこに中途半端《ちゆうとはんぱ》な魔法まで加わってくるとはな。

「は……ははっ！　負け惜しみなんて格好悪いですよ、ルカ様！」

不快そうに顔を歪《ゆが》めたエイデンが、今度はオーラを放出して突っ込んできた。鋭く斬り込むが、彼の剣術は悉《ことごと》く俺の剣に阻《はば》まれる。

ああも悪態を吐かれてなおこの威力ってことは、やっぱり最初の一撃が全力だったのか。

何度目かの打ち合いの末、俺は主人公の木剣を体ごと後ろへ弾《はじ》き飛《と》ばした。

「くあっ⁉」

苦しそうな嗚咽《おえつ》がエイデンの口から漏れる。倒れない程度に吹き飛ばした。地面をガリガリと削ってなんとかエイデンは持《も》ち堪《こた》える。

「まだ負け惜しみだと思うか？」

「ッ！　勝った気になるのは早いですよ……俺には魔法があるんですからね！」

二度目の魔法攻撃。また炎だ。視界が真っ赤になるが、結局はそれだけ。熱も何もかも、オーラが遮断してくれる。

炎の中から平然と出てくる俺を見て、エイデンの黒い瞳に初めて恐れの感情が生まれた。

「分かってないのか？　お前の敗因は、その得意げな魔法だよ」

多くの生き物にとって、時間は有限だ。十五歳までに学院に入学する以上、それまでの時間は――リソースは特に限られている。

より効率良く、何が自分にとって必要なのか、何がどれくらい必要なのかを取捨選択しないと、今のエイデンみたいになる。

要は、器用貧乏なんだ、こいつは。

オーラも中途半端《ちゅうとはんぱ》、魔法も中途半端《ちゅうとはんぱ》。おそらく祈禱《きとう》や呪詛《じゅそ》も使えるんだろう。なるほど、手札の多さは誇るべき長所ではあるな。

だが、そんなもの強さとは呼べない。

本当の強さとは、圧倒的な力のこと。最低限、軽傷を治せる程度に祈禱《きとう》を覚え、それ以外は全て剣の鍛錬に充てた俺の前では、小さな炎が幾つ灯ろうと意味が無い。あまりにも火種が小さすぎて、息を吹きかけるだけで消えてしまう。

「もういい。お前の底は把握した。次で終わりだ」

俺はオーラの放出量を増やして前に進んだ。あえてエイデンにさらなる恐怖を与えるために、ゆっくりと近付いていく。

「ひっ⁉」

跳ね上がった俺のオーラ量に、エイデンは気圧《けお》される。

「どうした？　顔色が悪いぞ」

一歩、また一歩と近付いてくる俺に対し、エイデンもオーラを纏《まと》って対処しようとするが、

「無駄だ」

振り下ろされたエイデンの剣を、正面から斬り飛ばす。

「まっ――!?」

男性教師が慌てて試合を止めにかかるが、もう遅い。俺の木剣は、オーラによって強化されたエイデンの剣を切断し、勢いそのままに、主人公の首を――薄《うつ》すらと斬った。

かすかに血が流れる。

「ま……マジかよ。今の……狙ったのか？」

教師が俺の超絶技巧に気付き、ぽつりと独り言を呟《つぶや》いた。

その通り。俺は剣の間合いを調整し、エイデンの首をわざと薄く斬り裂いた。木剣を壊すことを前提で、な。

正直、あと一歩……いや、半歩前に出ていればエイデンの首を斬ることもできた。今後のことを考えるなら、邪魔な主人公がいなくなったほうが安全にはなる。

しかし、簡単に殺してはいけない。こいつにはまだ利用価値がある。何より、こいつを殺したからといって、俺を邪魔する奴《やつ》が消えるとも限らない。また第二、第三の主人公が出てきても鬱陶しいからな。それなら、ある程度行動の読めるこいつをそばに置いたほうがいい。

そんなわけで主人公は生かしておく。将来、役に立たなくなったら殺してもいいが、どうだろうな。雑魚《ざこ》なら放置したほうが利点は大きいように思える。

遅れて教師が試合終了を告げる。木剣を下げ、オーラを解除してから踵《きびす》を返《かえ》した。

ちらりと視線だけを背後に向けると、腰が砕けたのか、いまだにエイデンは尻餅をついた状態で俺を見上げていた。顔が青い。

「くふふ。あれだけ自信満々だったくせに、結局は大したことなかったね、君」

俺の隣を通り抜け、倒れているエイデンの前にコルネリアが立つ。エイデンを見下ろし、嘲笑する。

「特待生ってこんなもんかぁ。少しは遊べるかと思ったけど、凡人は凡人。いくら背を伸ばしても、私やルカには届かない」

言いながら、コルネリアが膝を曲げて目線をエイデンに合わせる。

「ねぇ、君。名前は……なんだっけ？　ごめん、興味ない人の名前は憶《おぼ》えられないんだ、私」

「ッ！」

俺に負けただけでも相当悔しいだろうに、今度はコルネリアに死体蹴りみたいな真似《まね》をされている。

だが、俺は黙ってその様子を眺めていた。これは、止めないほうがいい。

「悔しい？　悲しい？　疎《うと》ましい？　きっと怒っているよね。君の顔を見れば分かるよ。でも、さ」

一拍置いてコルネリアは続ける。

「全部君が悪いんだよ？　弱くて、情けない自分のせい。お願いだから、隅っこで大人しくしててね？　次、ルカに生意気な口を利《き》いたら……」

顔を近付ける。エイデンの耳元で、彼女は最後に囁《ささや》いた。

「私が殺しちゃうから」

「ひっ⁉」

それだけ言ってコルネリアは立ち上がった。何もなかったかのように満面の笑みを浮かべて振り返る。

エイデンの体が震えていた。

「ルカ、次は私。くふふ。いっぱい私を愛して？」

「模擬戦の相手を倒したらな」

「え～？　残念」

パッと弾《はじ》かれたように俺のそばに寄ったコルネリアは、がら空きの腕を抱き締める。彼女の体温が、大きな胸を伝って俺の腕に流れてくる。

過剰なスキンシップだ。けど、振りほどくのも面倒臭い。周りからの視線を無視して、俺は生徒たちの間を通り過ぎ、訓練場の壁に背を預けた。コルネリアもそれに倣《なら》う。

「ちょっとあんた、ベタベタしすぎ。邪魔」

ついてきたリリスが、俺の隣に並んだコルネリアに苦言を呈する。

「あっそう。だから？」

笑顔のままコルネリアがバッサリとリリスの言葉を切り裂く。

「失《う》せろって言ってんの。あんたまだ戦い終わってないでしょ」

「呼ばれたら行くよ。それまではルカのそばにいたいの。くふふ」

「気色悪いわねぇ」

「あなたに言われたくない。ルカの周りを飛ぶ蠅《はえ》のくせに」

「誰が蠅《はえ》よ！　殺す！」

「やる？　三枚に捌《さば》いてあげる」

「暴れるな。大人しくしてろ」

一触即発の空気を俺が止める。

五年前からこの二人は相性が悪い。というか、不思議と俺の周りにいる女たちの喧嘩《けんか》が絶えない。

ノルン姉さんやコルネリアに問題があるのか、リリスに問題があるのか。どちらにせよ、無駄な争いなど何も生まない。

俺の一声で二人は動きを止める。リリスは腕を組んだ状態でそっぽを向き、コルネリアは幸

せそうに俺の肩に頭を乗せる。

女を二人も侍《はべ》らせているものだから、依然、周りからの視線が痛い。俺は決して、侍《はべ》らせているわけではないんだがな。

気まずい空気のまま、なおも模擬戦は続いた。当然、コルネリアも対戦相手に圧勝する。

▼△▼

入学式から一週間。

午前中は退屈な勉強を、クラスメイトたちと机を並べて受けて、午後は剣術やオーラ、魔法といった実技の鍛錬を行う。

午後はほぼ自習だな。自分に適した能力を伸ばすことが推奨されている。もちろん様々な分野に精通する教師がこの学院にはいる。自習とはいえ、彼らに教えを乞うのもありだ。

けれど俺は、長蛇の列ができそうなほど人気な教師陣を無視して、一人、静かに図書館《ライブラリ》を利用する。

「魔法なら私に聞いて、ルカ」

……一人じゃなかった。隣の席にコルネリアがいる。しれっと。

「なんで当たり前のようにお前がいるんだ。呼んだ覚えはないぞ」

「まあまあ。そんな冷たいこと言わないでさ。せっかく手伝いに来たんだから」

「手伝い？　教えてくれるのは嬉《うれ》しいが、魔法がそんな簡単に使えるのか？」

俺のイメージだと、コルネリアはオーラを重点的に鍛えていたはず。俺に負けたあと、必死に魔法でも覚えたのか？　だとしたらガッカリもいいとこだ。

「モルガンに比べたらぺーぺーだけど、基礎くらいはね。ちょうど、ルカが学ぼうとしてるのも基礎じゃない？」

「ああ」

彼女の言う通りだ。

俺が学院に来た理由の一つが、魔法の勉強と習得。

魔法使いが壊滅的に少ないサルバトーレ公爵家では、魔法を学ぶ機会はゼロに等しい。だが、この世界で魔法は特別な力だ。オーラが最もバランスの優れた能力なら、魔法は最も火力と攻撃範囲の広い技。極めた魔法は、ルキウスの一撃すら凌駕《りょうが》する。

今のモルガン公爵家当主の一撃なら、ルキウスを遥《はる》かに超えているだろう。まあ、総合力でルキウスには絶対に勝てないと思うが。

何より俺は、魔法を覚えたい特別な理由がある。俺の考えが正しいのなら、近い内に想像を絶する力を得られるはずだ。

「それならタイミングはばっちり。ルカのことだから、知識は結構頭に入れてるでしょ？　そろそろ実践に移ろうよ」

「……そう、だな。付き合ってくれ、コルネリア」

「交際⁉」

「違う。練習にだ」

「ちぇ。面白くないなぁ、ルカは」

「いいから行くぞ。お前は的だ」

「ッ⁉　いいの⁉」

これからお前のことを痛めつけるぞ、と言ってるのに、コルネリアはショックを受けるどころか逆に喜んだ。

「お前くらい強くないと、練習にならないからな」

俺だって本当は、あんまりコルネリアに絡《から》みたくない。彼女は、俺と関わってから変わってしまった。

本来のコルネリアは、もっと傲慢で皇女らしいキャラクターだ。しかし、五年前、俺が彼女をぶっ飛ばして以来、そういう性癖に目覚めた。いわゆるドMなアレだ。

もちろんコルネリアの変態性が発揮されるのは俺限定。他の者に痛めつけられるのは屈辱らしい。本人が言ってた。

「くふふ。ルカのために私は強くなってるからね」

手にしていた本を閉じて、コルネリアと共に魔法用の訓練場へ向かう。

知識だけなら基礎は固めた。あとは、実際に誰かに向けて放ったほうが早い。そしてコルネリアほど的の役目を完璧に全うできる生徒もいない。なまじ有能だからこそ、使わざるを得ないのだ。

ちなみにリリスは、ほぼ毎日ダイニングルームに入り浸っている。神だから太らないんだと。人類の敵だな。

▼△▼

移動すること数十分。

学院内は無駄に広い。訓練場へ行くのもそこそこ時間がかかる。幾つもの扉をくぐり、やっと訓練場の一角に足を踏み入れた。

「とうちゃーく。私は逃げ回ってるだけでいいの？」

「それでいい。俺が魔法を撃つから、適当に避けるか防いでくれ。わざと当たるなよ」

「はあい。でも、知識だけ詰め込んで、いきなり魔法が使える？　私でも最初に魔力操作や制御の感覚を身に付けたのは……」

ボッ！

コルネリアの台詞《せりふ》の途中、前に突き出した俺の右手の平に、バレーボールほどの火の球が生まれた。コルネリアがそれをまじまじと見てから、

「……嘘《うそ》。もう魔法が使えるの⁉」

と、心底驚いた。

「今できるようになったわけじゃない。図書館の外でも練習してたんだ」

「それでも一週間。凄《すご》く早いよ。というか、早すぎて引いちゃう」

「大事なのはここからだ。お前だってそれは分かっているだろ？」

「まあ、ね」

言いながらコルネリアが腰を下げる。いつでも走れる体勢だ。

やる気満々の彼女に、俺は生成した火の魔法を放つ。火球は百キロにも満たない速度でコルネリアに飛んでいく。コルネリアが軽々と横に跳んで躱《かわ》した。

「ふむ、なるほど。制御が甘いと速度が出ないか」

続けて、今度は魔力を最大限制御した状態で同じ火の魔法を放つ。速度は百キロを超え、俺が剣で攻撃するより速くコルネリアに届く。

彼女も予想外のスピードに腕をクロスさせて防御を試みるが――ぽふんっ。

コルネリアの腕に当たった火球は、あっさりと拡散して消え去る。見るからにダメージは無かった。

「かといって、制御に集中しすぎると放出量が下がって威力が出ないな。オーラと違って、遠距離でエネルギーを操作する感覚に慣れなきゃダメか」

魔力操作と制御自体は、オーラとあまり変わらない。先にオーラを覚えていたおかげで、習得は簡単だったが、問題は、魔力を体から切り離して操る、制御する技術。これぱっかりは、基本的に物体にオーラを纏《まと》わせて扱うオーラとは根本的に異なる。

初めての感覚に、俺は四苦八苦する。

「ほらほら、早くしないと時間だけが過ぎていくよ？」

「分かってる。お前に言われなくても——な！」

大きな声で叫ぶコルネリアに向かって、今度は風の魔法を放った。

不可視の刃がコルネリアに飛んでいく。彼女はそれを涼しい顔で避けた。魔法そのものは見えなくても、魔法が放つ魔力を知覚しているからだ。

最初から避けられることは分かっていた。俺は、何度も何度も魔法を放つ。魔力が切れるまで、ひたすら体と脳に魔力の操作や制御の感覚を叩《たた》き込む。

時間にしてほんの三十分。

全力で魔法を使った結果、威力の低い魔法しか使っていないにもかかわらず、俺の魔力が底をついた。全身に襲いかかる強烈な倦怠感《けんたいかん》に屈し、膝を曲げてからその場に尻餅をつく。額からは大粒の汗がポタポタと垂れて地面を黒く染めた。

「お疲れ様、ルカ。魔力切れ？」

「ああ……もう、今日は魔法を撃てそうにないな」

魔法にだけ言えたことではないが、あらゆる能力には、その現象を起こすための対価——燃料がいる。

オーラならそのままオーラを。魔法なら魔力を。祈禱《きとう》なら神力を。呪詛《じゅそ》なら呪力を。召喚術はエーテルを。

そして能力を過度に使用すると、それらのエネルギーが枯渇《こかつ》する。

エネルギー自体は時間の経過と共に回復していく。なぜなら、能力に適性を持っている者は、その能力に必要なエネルギーを生み出せるのだ。人間が一種の炉心とも言える。

しかし、一度限界までエネルギーが枯渇《こかつ》すると、体に酷《ひど》い負担がかかる。今の俺のように。

「どうする？　また勉強する？」

「いや、そんな時間はない。図書館《ライブラリ》が閉館する。訓練場も鍵がかけられるだろうし、今日は終わりだ。悪かったな、訓練に付き合ってもらって」

「ううん。私もいい訓練になったよ。どんどん上達していくルカの魔法に、ちょっとひやひやしたかも」

「嘘《うそ》吐け」

ふっと笑い、コルネリアが差し出してきた右手を掴《つか》み、立ち上がる。

俺の魔法はまだまだ弱い。威力もそうだが、コントロールも悪くて速度も出なかった。あれでは、コルネリアには一生通用しない。

コルネリアにも通用するくらいの魔法でなければ、今後、対人戦はおろか魔物相手にも役に立たないだろう。学び始めたばかりとはいえ、もっと頑張らないとな。

汗の滲《にじ》んだ掌《てのひら》を見下ろし、グッと握り締めて拳を作る。

オーラの時もそうだったが、成長していく過程というのは悪くない。心が湧き立つ。あとは……俺の考えているあの実験が成功すれば、一気に最強へ近付けるはずだ。

この世界には本来存在しない、ゲーム外のスキルを——。

▼△▼

ルカが訓練場で魔法の練習を行っている時。

本棚に囲まれた薄暗い部屋の中に、金色髪の男子生徒がソファに座って一冊の本を読んでいた。

本のタイトルは《高位呪詛《じゅそ》》。

対象に様々な不利益を与える呪詛《じゅそ》に関する資料だった。それを読むのは、どことなくカムレンに似た少年。

彼は、右手の親指の爪を噛《か》みながらブツブツと呟《つぶや》いていた。

「どうしよう……どうしよう。カムレンだけじゃない、ルカまでこの学院に入学してきた……」

彼こそは、ルカとカムレンの兄イラリオ・サルバトーレ。サルバトーレ公爵家の三男だ。

イラリオはカムレンやルカより前に学院に入学し、現在は五年目。本来、早い者なら三年で卒業できる学院に五年もいる。それはつまり、イラリオの才能が他の者たちにすら劣っている証拠。

「また比較されるんだ。カムレンやルカに……あの、化け物たちに！」

イラリオは二人を恐れている。北部にいた頃は、毎日のようにルカたちと比べられていた。

なぜ兄のはずのイラリオは、弟たちにすら勝てないのか。サルバトーレ公爵家を象徴するオーラの適性もあるにはあるが、あまりにも低すぎる。カムレンと同じ側室の血を引いていたが、イラリオだけは無能と蔑まれていた。

母親にも興味を持たれず、他の家族たちからも無視される日々。誰もイラリオには期待しないし、関心もない。それが、イラリオにとってどれほど苦しかったか。

「やっと、やっと呪詛《じゅそ》が少しは上手《うま》くなってきたのに！」

たまらず手にしていた本を投げる。鈍い音を立てて本は床を転がり、静寂が一瞬だけ切り裂かれた。

イラリオの双眸《そうぼう》から涙が流れ落ちる。

カムレンはまだいい。自分より遥《はる》かに優秀だが、手が届かないほどではない。イラリオが努力を続ければ、いつか隣に並び立てると信じている。だが、問題はルカのほうだ。

サルバトーレ公爵家に末っ子として生まれた一番若い獅子《しし》。けれど、ルカの才能は当主ルキウスや天才ノルンを遥《はる》かに超えていた。

伝説となっている初代当主すら凌駕《りょうが》する力は、イラリオにとって恐怖の象徴以外のなにものでもない。

ルカには勝てない。

それだけは理解していた。だからこそ、余計に怖い。せっかく本邸から逃げるように学院へ来たというのに、ここでもまたルカやカムレンたちと比べられることが。

「俺はどうすればいいんだ……どうすれば、ルカに少しは近付ける？」

そもそもイラリオは、卒業することすら怪しいほど才能が欠落している。教師からも、呪詛《じゅそ》で無理なら退学を勧める――と先日通告されたばかりだ。崖っぷちすぎて、心に余裕を持てない。

「どうすればどうすればどうすればどうすればどうすれば……」

「――お困りのようですね、イラリオ様」

「ッ⁉」

突然、暗闇の中から声が返ってきた。よく見ると、部屋の入り口にぽつんと一人の男が立っていた。

いかにも怪しい紫色のローブを纏《まと》い、フードで顔を隠しているが、一八〇はあると思われる背丈に先ほどの声色は、完全に男のものだった。

見たことも聞いたこともない相手が、イラリオの警戒心を潜《くぐ》り抜《ぬ》けて部屋に入ってきたことに、イラリオは衝撃と不安、恐怖を抱く。

「だ……誰だ！」

机に置いてあった剣を取る。立ち上がったイラリオが臨戦態勢に移ると、謎の不審者は両手を上げて降参のポーズを見せた。

「落ち着いてください、イラリオ様。いきなり現れたことは謝罪しますが、こちらに争う意思はありません。どうか、剣を下ろしてください」

「お前みたいな怪しい奴《やつ》を前にして、はいそうですかと下ろすものか！」

凡人とはいえ、イラリオもれっきとしたサルバトーレ公爵家の一員。ルカやカムレンに比べて才能が大きく劣るものの、一般人よりは遥《はる》かに強い。抵抗し、誰かが駆けつけるまでの時間は稼げる。

「私はただ、イラリオ様にプレゼントを持って来ただけです」

「プレゼント？」

「これです」

不審者の男は、懐《ふところ》から一冊の黒い本を取り出した。タイトルの無い、実に不気味な本。

「なんだ……それは？」

「ふふ、少しは興味を持っていただけましたかね？　何となく感知したのではありませんか？　この本から呪力の反応を」

「…………」

イラリオは沈黙する。それが答えだった。

「この本は《悪魔召喚》に関する本です。悪魔は呪詛《じゅそ》を生み出したと言われる存在。だから、呪力の反応がこびり付いているんですよ」

「悪魔……召喚だと⁉」

イラリオは男の台詞《せりふ》に絶句する。

「悪魔に関する本は禁書に指定されていたはずだ！　なんでお前みたいな奴《やつ》が持っている！」

そう。呪詛《じゅそ》の中でも悪魔に関する本は、ほぼ全てが法律で読むことを禁止されている。それどころか、所持しているだけでも重罪だ。

過去、悪魔を呼び出して国を滅ぼしたという事例があり、呪詛《じゅそ》の力そのものが悪用されることが多いため、より厳しい罰を科せられるようになった。

「本の出所なんてどうでもいいでしょう？　大事なのは、この本をあなた様にプレゼントしたい、ということです」

「ふざけるな！　俺に犯罪者になれというのか⁉」

いくらなんでも、そんな提案に乗るほど落ちぶれてはいない、とイラリオは激昂《げきこう》する。だが、不審者の男はあくまで冷静に続けた。

「それの何が問題なんですか？」

「……は？」

「イラリオ様は力を求めていたはず。強くなるために必要な物が、今、目の前にあるのですよ？　それを取らず、犯罪者になるのが怖いから逃げると？」

「ッ！　見え透いた挑発だな」

「そもそも、犯罪者とはどの程度の存在のことですか？　軽犯罪者も含めるなら、サルバトーレ公爵家なんて犯罪の温床。あなたの兄姉《きょうだい》たちが今までどれほどの罪を犯してきたことか」

ふふふ、と男は不気味に笑う。言葉巧みにイラリオを惑わせようとしていた。

イラリオもそれは分かっている。簡単に口車には乗せられたりしない……が、誘惑に心がわずかに傾いた。その隙を男は見逃さない。

「全ては強さ。強ければいい。それが、サルバトーレ公爵家の家訓では？　多少の犯罪行為など、圧倒的強さの前では無意味。二の足を踏むようでは、やはりあなたには才能がありませんね、イラリオ様」

「貴様！　言わせておけば……」

「本当のことでしょう？　せっかく、悪魔が手に入るというのに」

「悪魔を一匹仲間につけたところで、ルカやカムレンに勝てるとは思えないな。最初からお前の提案は的外れなんだよ」

「ええ。そうでしょうね。カムレン様はともかく、神童と名高きルカ様が相手では、単なる悪魔では太刀打ちできない。事実です」

「なら――」

「しかし！」

イラリオの言葉を遮って、男は大きな声を上げた。

「原初の悪魔ならどうでしょう？」

「原初の……悪魔？」

「全ての悪魔の始まり。様々な悪魔を生み出した最強の一人。その悪魔を呼び出せば、あなた様はかのノルン・サルバトーレにも匹敵する強さを得られるでしょう」

「馬鹿な……ノルン姉様と同じ強さだと？」

ぐらり。イラリオの心が完全に傾いてしまった。

実はイラリオは、幼い頃からノルン・サルバトーレに淡い憧れを抱いていた。ノルンからはまったく相手にもされなかったが、全てを力で捻じ伏せるノルンに、イラリオはなりたいと思い続けた。そのノルンに、少しでも近付ける。

あまりにも甘い言葉。嘘《うそ》だと分かっていても、期待せずにはいられない。今のままでは、どれだけ努力してもノルンの足下にも及ばない。

チャンスが、目の前にある。

ごくりとイラリオが生唾を飲み込む。剣を下ろした彼を見て、不審者の男は勝ちを確信した。

「まあ、気に入らなければ捨てるなり焼くなりしてくださっても構いませんよ。テーブルの上に置いていきますね」

ゆっくりとイラリオのそばまで歩み寄った不審者の男は、上機嫌な声で黒い本をテーブルの上に置いてから踵《きびす》を返《かえ》した。本当に、ただイラリオに本を渡しに来ただけ。

「ああ、それと。悪魔の召喚には様々な材料が必要になります。原初の悪魔ともなると、なかなか手に入らない希少な材料がね」

「それは……どうしろと？」

すでにイラリオは拒否の言葉を失っていた。もはや完全にイラリオは堕《お》ちている。

「ご安心を。こちらで用意しておきます。あなたは私が材料を集め終わるまでに、じっくり、その本を読みこんでおいてくださいね？」

それだけ言って、男は部屋を出ていった。

再び静寂に包まれる一室。イラリオは、呆然《ぼうぜん》とテーブルの上の本を見下ろして——静かに、その本を手に取った。

五章：原初の悪魔

魔法の練習を始めて一ヶ月が過ぎた。

勉強に実践を繰り返した結果、俺はコルネリアを遥《はる》かに超える魔法の力を手に入れた。今では、本当にコルネリアのオーラの練習にもなっている。

ただし、魔法の威力は高い。直撃すれば彼女でもただでは済まない。

もっとも、彼女にはご褒美《ほうび》みたいだが……。

「あぁ……全身に激しい痛みが走る……くふふ」

滝のように汗を流し、火属性魔法を喰《く》らって服も肌もボロボロになったコルネリアが、地べたに座り込みながら恍惚《こうこつ》の表情を浮かべていた。

「動くなよ。今治してやる」

「くふふ。しばらくこのままでも構わないよ？」

「お前が平気でも俺は嫌なんだよ」

ずっと興奮してて不気味だ。

「それってつまり、私には傷付いてほしくないってこと!?」

「いや全然。普通に殴れるぞ」

「そんなルカが大好き！」

ケロッと答えた俺に、彼女は満面の笑みで返す。

やっぱりさっさと治そう。

首元にぶら下げた聖遺物から神力を引っ張り出し、コルネリアの外傷を治療する。淡い光が彼女の全身を包み、瞬《またた》く間に傷を治した。残念ながら服は元には戻らない。

下着なども普通に見えているが、コルネリアは気にした様子もなく自分の体を見下ろし、残念そうに言った。

「あーあ、痛みが消えちゃった」

「動けるか？」

俺は座り込んでいるコルネリアに右手を差し出す。彼女は躊躇《ちゅうちょ》なくその手を取った。

「うん、おかげさまで」

「無理するな。一時間以上は動き続けたんだ、傷は治っても体力のほうは限界だろ」

「このくらいで音《ね》を上げるほど弱くないよ」

そう言ってコルネリアは立ち上がった。様子を見る限り、本当に大丈夫そうではある。

「それはそうと……あれ、いいの？　放置してても」

コルネリアが俺の背後を指差す。そこには、訓練場の壁にもたれかかるリリスの姿があった。

凄《すご》い仏頂面《ぶっちょうづら》である。

「ああ、あれな」

ここ最近、リリスの機嫌がすこぶる悪い。理由は明白だからスルーしていたが、そろそろ彼女に何か声をかけるべきか……。

俺は悩んだ末に、ため息を吐いてからリリスに近付いていった。すると彼女は、険しい顔で口を開く。

「どうしたの、ルカ。みみっちい魔法の練習をしているんじゃないの？」

うん、やっぱり機嫌が恐ろしく悪い。その理由が魔法にあるのだから困ったものだ。

「いい加減認めてくれよ、リリス。俺たちの目標に魔法は必要不可欠だ」

「分かっているわ。神を殺すためなんでしょ？　けど、私を殺した神の中には、あなたと同じ魔法を使う者がいた。魔法を見るとどうしてもね……」

リリスがずっと不機嫌な理由は、俺が魔法を使っているから。要する彼女は魔法アンチだ。というか、リリスはマテリアとオーラ以外の力を認めていない。

強化こそが至上の力だと常々言ってるし、他の力に興味を持つと拗《す》ねる。それはそれで可愛《かわい》げのある姿だが、いつまでも険悪ってわけにはいかない。せっかく今日は、珍しくリリスが訓練の見学をしているのだから余計にな。

「お前が魔法を嫌ってる理由は何度も聞いたよ。でも、俺は続ける。この力は絶対に役に立つ」

「……うん。ごめん」

「ッ⁉　リ……リリスが謝った？　あのリリスが⁉」

「明日は大雨か天変地異が起きるかもね」

さらりと俺の後ろに並んだコルネリアが、リリスへ悪態を吐く。リリスの額に青筋が浮かんだ。

「ぶち殺すわよ、あんたたち！　私だってたまには謝ることくらいあるわ！　自分が悪いと分かっていたらね！」

「そ、そうか……」

いやいや、と俺は内心でリリスの言葉を否定した。

俺の知るリリスは、唯我独尊系女子だ。自分が悪くても決して謝ったりしない。少なくとも彼女と出会って十年ちょっと。その間に謝った回数は、片手でも数えられるくらいだろう。下手すると初めてかもしれない。

「ぷぷ。あなたがしおらしいと気持ち悪いね」

「コルネリア、あんたはいつも一言余計すぎる。殺す！」

「はいはい無理でーす」

リリスが剣を抜いてコルネリアを追いかける。最近はああやってよく喧嘩《けんか》している。前のコルネリアなら絶対にリリスを許さないか、もう少し殺伐としていたが、一緒に過ごす時間が増えて仲良くなったのか？　争うよりは遥《はる》かにいい。

元気に走り回る二人を眺めながら、俺は自らの掌《てのひら》を見つめる。

ここ一ヶ月で魔法の基礎と応用はかなりできるようになった。オーラの訓練も欠かしていない。並行して、二つの能力を同時に使う練習もやった。

五年前、コルネリアがそうであったように、複数の能力を同時に扱うのは非常に困難だ。頭が二つないとできないと俺も思っていた。

しかし、実際にやってみると意外に簡単。全ての能力が似た制御方法を取るからか、慣れてしまえば二つくらいは余裕でできる。コルネリアもあっさり身に付けたし、一定以上の技量があればさほど難しい技術でもなんでもない。むしろ問題はここからだ。

二つの能力を同時に使えるようになって初めて、俺の本当の目的に手を伸ばせる。

「そろそろアレに手を出してみるか」

両手を同時に前に突き出す。

左手にはオーラを。右手には魔力を流す。左右の手が、青色と赤色に光る。これで準備は完了だ。集中を一切切らさないように、ゆっくりと両手のエネルギーを近付けていき……混ぜる。

直後、

「ぐっ⁉」

凄《すさ》まじい反発が起こり、俺は衝撃を受けて後ろに吹っ飛ぶ。壁に激突して轟音《ごうおん》を響かせた。

「ルカ⁉」

音を聞き付けたリリスとコルネリアが、血相を変えて走ってくる。俺は土煙を巻き上げながら立ち上がると、心配そうに俺に駆け寄ってきた二人に右手を突き出して言った。

「だ……大丈夫だ。悪い。ちょっと実験してた」

「実験？　凄《すご》い音と魔力を感知したけど、何をしてたの？」

コルネリアの疑問に、俺はにやりと笑って答える。

「新しい魔法の開発だ」

▼△▼

口から垂れたごく少量の血を、制服の袖で拭く。

もうこの服は汚れすぎて使い物にならないな。元から激しい訓練を行う生徒の服は消耗品。何着もあるから問題はない。それより、今は新たな魔法に関して興奮が抑えられなかった。

「新しい……魔法？　どういうこと、ルカ」

呆然《ぼうぜん》とした様子でコルネリアが再び疑問を投げた。

「そのままの意味だ。新しい魔法を開発しようとしてた。けど、上手《うま》くいかなくて吹っ飛んだ」

言い切ると、俺は先ほどと同じように魔力とオーラを両手に纏《まと》う。

「お前には特別に教えてやる。名付けるならそうだな……《強化魔法》ってところか」

「強化魔法……」

ごくりとコルネリアが生唾を飲み込む。

彼女には分かっているのだろう。俺がやろうとしていることが、いかに凄《すご》いことか。瞳がキラキラと輝き出した。

「やり方は簡単だ。魔力をオーラで強化すればいい。オーラはあらゆるモノを強化する力。なら、他の能力だって強化できないとおかしいだろ？」

「た……確かに。言われてみると納得できるけど……」

「まあ、論より証拠だ。少し離れてろ、コルネリア、リリス」

「ん」

「分かった」

リリス、コルネリアの順番に答え、二人は俺から距離を取った。安全かどうかを確認し、俺は二つの能力を組み合わせる。

「――ッ！」

またた。オーラと魔力を混ぜると、二つの能力が離れようと反発する。だが、決して混ざらないわけじゃない。最初から混ざらないなら、そもそも反発すら起きないはずだ。

俺はオーラと魔力両方に力を込める。全力で制御し――やがて二つの色が混ざり合った。色が混ざるのではなく、色同士が共存しているようにも見える。

「凄《すご》い……なんて濃密なエネルギーなの」

俺の前に現れた赤と青色のエネルギー。魔力の赤色を起点に、その周りを青色のオーラが漂っている。

これが強化魔法。強化された魔力が、バチバチと激しく帯電していた。魔力が使える者なら誰でも分かる。この魔力は、今までのそれとは比べ物にならない質を誇ると。

「ほら、できた。今から魔法を使ってみる。どれだけ威力が上がるかな？」

俺は赤青のエネルギーを炎の属性に変換する。消費された魔力量では、精々少しだけ炎が生み出せて、地面を焦がすくらいだが……強化されると威力は上がるのか？

早鐘を打つ心臓に催促されるように、俺は炎の球体を地面に放った。十メートルほど先で火の球は着弾する。そして、

「――――!?」

盛大に火柱を作った。

十メートル以上はある訓練場の天井にも届き、地面を広範囲にわたって焦がしただけでなく、訓練場の天井にも焦げ跡が付いた。

想像を絶する威力に、俺は開いた口を閉じられない。それはコルネリアとリリスも同じ。全員がしばらく放心したあと、馬鹿みたいに口をパクパクさせた。

大成功である。

▼△▼

「凄《すご》い！　本当に凄《すご》いよ、ルカ！」

興奮冷めやらぬといった風に、コルネリアが何度も何度も叫ぶ。気持ちはよく分かるが、自分以上に興奮してる奴《やつ》がいると冷静になれる。

俺は口角を上げて再び魔法による焦げ跡を見た。

「ああ。この魔法があればさらに強くなれる。他の能力が強化できることも証明できたし、まだまだやりたいことは山のようにあるな」

「私も頑張って強化魔法を使えるようになるね。たくさん練習する」

「そうしてくれ。お前が強くなってくれると俺も助かる」

コルネリアは非常に便利な道具……相棒その二だ。

彼女がいれば、リリスではできない複雑な実験も行える。仲良くしといて本当によかった。育てれば育てるほど、俺の安全性が確保される。なぜなら彼女は、強さの限界がすでに決まっている。俺がコルネリアより強ければ、例え裏切られても問題ない。

「なるほど。ルカが必死こいて他の能力を練習していたのは、オーラによる強化を施すためだったのね」

「正解だ、リリス。これならお前も理解してくれるだろ？」

「悪くないわ。オーラのおかげ、で強くなれるのだからね」

おかげ、の部分をやたらと強調して彼女は笑った。

よし。リリスの機嫌も直った。今後、他の能力を習得していっても文句は出ないはずだ。様々なメリットを生み出してくれるな、強化魔法は。

「それじゃあ俺は、しばらくこの強化魔法の練習に移る。コルネリアは強化魔法の前段階……はクリアしてるし、お前も一緒にやるか？」

「うん！　もちろん」

「決まりだな」

他の者には強化魔法の存在は教えない。広めることにもメリットはあるが、これは俺の貴重な手札の一つ。誰かに教えて自らの地盤を緩める必要はない。

教える相手は見定め、そして俺が最強になる。

他の生徒が訓練場へ入ってこないか見張りながら、俺たちはその後も強化魔法の練習に勤《いそ》しむ。

▼△▼

ルカとは打って変わって、依然、薄暗闇の中で本を読むイラリオ・サルバトーレ。

彼は、謎の不審者が届けてくれた黒い本――《悪魔召喚》に関する本を読みながら、部屋の中で不敵に笑う。

「ふふふ……この本、悪魔のことだけじゃない。いろいろな呪詛《じゅそ》の情報まで載ってる」

最初の頃は、悪魔を呼び出すことに不安を覚えていたイラリオだったが、ノルンに近付くという目的、ルカやカムレンを超えるための努力と称して徐々に悪魔召喚に傾倒していった。

今では毎日、暇さえあれば本を読んでいる。一ヶ月の間に本の大半は暗記した。それでも、読めば読むほど新たな発見が見つかる。比例して、イラリオの呪力も増えていった。

本自体が、イラリオを強くしているかのように。

「おやおや、すっかりその本が気に入ったようですね」

「……お前か。今日はどうした？」

いつの間にか部屋に入って来ていた不審者の男。一ヶ月前に顔を合わせたあの男だ。

もうイラリオはビビったりしない。一ヶ月の間に、不審者の男がイラリオの元に何度も現れた。すっかり慣れてしまったのだ。その反応に不審者の男は肩をすくめる。

「残念ですねぇ。最初の頃は驚いてくれたのに」

「俺を茶化すために来たんなら消えろ。忙しいんだ」

「いえいえ、もちろん用事があって来ましたよ。原初の悪魔を呼び出すための材料が半分ほど揃《そろ》いました」

「ほ、本当か⁉」

ばっとイラリオは本から視線を外して男を見た。

フードを被《かぶ》った男は、くすくすと笑いながら答える。

「大変でしたけどね。金にものを言わせてなんとか。残り半分も来月には集まるでしょう。イラリオ様のほうはどうですか？　悪魔、呼び出せそうですか？」

「こっちもギリギリだな。ただの雑魚《ざこ》悪魔を呼び出すだけなら今すぐにでもいけるが、相手は原初の悪魔。そう簡単にはいかない」

「でしょうね。まあ、来月までに間に合えばそれでいいですよ」

「来月に何かあるのか？」

「ええ。とっても大事な用が。悪魔を呼び出す時にお教えしましょう」

「そうか。分かった」

イラリオは特に気にした様子もなく頷《うなず》く。

「では私はこれで。頑張ってください、イラリオ様」

音もなく男が消える。それを見送って再びイラリオの視線は本に戻った。

こんな状況でもイラリオは不審者の男を疑っているが、それを超えるほど原初の悪魔という存在が魅力的すぎる。

もはや彼に召喚しないという選択肢はなかった。絶対に呼び出し、ルカとカムレンを倒す。

それが、直近の目的になっている。

「ククク……あと一ヶ月。たった一ヶ月で、俺は……」

暗闇の中、しばらくイラリオの不気味な笑い声が響き続けた。

ルカの元に、運命が迫ろうとしている――。

▼△▼

強化魔法の訓練を始めて一ヶ月。

最初の一週間は、まともに強化魔法を操ることができなくて、何度も訓練場を爆破した。その度に、「お前たちは何をしているんだ！」と教員に怒られたが、俺たちはめげずに訓練を続けた。

そして二週目。感覚を掴《つか》み、ごくわずかな魔力の運用に成功する。強化魔法の初歩ではあるが、通常の魔法より遥《はる》かに威力が出た。

コントロールは依然難しいが、従来の魔法を使うよりコスパがいい。

三週目で初めてコルネリアが強化魔法の発動に成功。操作に失敗して自らの腕を吹き飛ばしかけたが、治療中、彼女はやたらと上機嫌だった。

四週目。俺は少量の魔力で強化魔法をほぼ完璧に操れるようになる。おそらく少量の魔力で運用するなら、実戦でも使えるだろう。ギリギリ及第点といったところか。

「……悪くないな」

掌《てのひら》に浮かんだソフトボールほどの火球を見て、俺は満足げに囁《ささや》く。

この火球には、オーラによって強化された魔力が込められている。というか、強化された魔力を炎の属性に性質変化させた。サイズは小さいが、とんでもない密度でエネルギーが渦巻いている。

「ルカの成長速度が早すぎるよ。私、まだ強化魔法の操作が不安……」

俺の魔法を見たコルネリアが、ぶすー、と不機嫌そうな顔で言った。唇を尖《とが》らせても可愛《かわい》いだけだぞ。

「コルネリアも順調なほうさ」

「そうかな？」

「ああ。俺が特別天才なだけで、コルネリアならあと二週間もあればものにする」

「その間にルカはもっと先に行くと」

「当然」

俺が教えた技術で俺を超えられたら、あまりにも間抜けすぎる。あくまで最強は俺だ。コルネリアに殺される可能性があってはいけない。それでは本末転倒だ。

「寂しいけど、確かに私じゃルカには勝てないなぁ。魔法だと特に」

「オーラでも俺は負けない。……それより、もう時間だ。寮に戻るぞ」

「え？　そんな時間経《た》ってる？」

慌ててコルネリアが、訓練場に掛けてある時計を見た。短針は六時を指している。七時には夕食だ。遅刻すると腹を減らした状態で明日を迎えなきゃいけない。

コルネリアが残念そうに肩をすくめる。

「あちゃ〜。最近、時間の流れが早いように感じるなぁ」

「楽しい時はそういうもんだ。けど、お前も及第点いってるぞ、コルネリア」

「及第点？　なんの？」

「俺の予想だと、近日中に学院に不審者が現れる。その不審者たちといい勝負できるぞ」

「なにそれ。ルカはいつの間に未来予知ができるようになったの？」

「ただ知ってるだけだ。予知じゃない」

「よく分かんないよ」

「騒動が起きると思っていればいい。俺たちでそれを解決する」

ゲームだとコルネリアが入学して二ヶ月、夏休みの前に最初のイベントが発生する。内容は、悪魔崇拝者たちによる襲撃だ。

この学院の地下室には、世界中から集めた面白いアイテムが保管してある。特に危険性のある物は無い、と思われているが、実は効果を知らずに保管してある物まで眠っている。悪魔崇拝者たちはそのアイテムを奪いに来るのだ。

「騒動、ね。楽しみかも」

ニカッとコルネリアが笑った。よく分からなくても、戦えるなら嬉《うれ》しいってか。やはり彼女は俺によく似ている。なんせ俺も、コルネリアと同じ気持ちだ。

「先に言っとくが、なるべく人前で強化魔法は使うなよ？　俺たちにとって、この強化魔法は切り札みたいなものだからな」

「りょうかーい。誰かに見られたらそいつを殺すから平気だよ」

ふざけた様子で敬礼するコルネリアを見ていると、少しだけ不安になった。だが、彼女が俺の命令に背いたことは一度もない。例え見られても、少しなら誤魔化しようはいくらでもある。

俺は彼女を信じ、二人でダイニングルームのほうへ向かった。すでにリリスがそこにいるはずだ。

▼△▼

「皆さん、集まりましたね？」

学院のそば、月明かりから逃げるように木の陰に集まった複数の黒ずくめの集団。その中に、紫色の帽子を被《かぶ》ったサングラスの男がいた。

男は、陽気な声で集まった仲間たちに声をかける。

仲間たちは男の言葉に、短く頷《うなず》いて無言で応えた。

「うんうん。今宵《こよい》は実にいい暴動日和です。おそらく生徒たちの大半はダイニングルームで食事を取っているでしょう。チャンスは一度。別動隊はダイニングルームを襲いなさい。私と君はイラリオ様のほうへ行きます。原初の悪魔を呼び出し、学院を滅茶苦茶《めちゃくちゃ》にします。残った人員で地下室に。必ずあのアイテムは持ち帰るよう、注意してくださいね？　失敗した場合、我々の命はありません」

「ハッ！」

失敗は死を意味する。それを知っていながらも、彼らに憂いの感情はなかった。全員が、今回の作戦に心から命を捧《ささ》げている。

「よろしい。では、それぞれ作戦を始めましょう。今宵《こよい》、我らの名前が歴史に刻まれる」

仰々しく両腕を広げ、高らかに帽子を被《かぶ》った男は宣言する。そして、ほぼ同時に黒ずくめたちは地面を蹴った。闇が学院の方角を目指して駆ける。


一方。

食事すら忘れて悪魔召喚に没頭するイラリオ・サルバトーレは、今か今かと不審者の男の来訪を待ちわびていた。

「あいつ……まだ来ないのか？　今日の夜に悪魔を召喚しようって言ってたじゃないか」

苛立《いらだ》ちに任せ、ガリガリと親指の爪を噛《か》む。

もはや原初の悪魔を呼び出すための呪力コントロールも、総量も問題ない。あとは男が持ってきてくれるはずの材料さえあれば、すぐに始められる。ゆえに、イラリオは湧き立つ心を簡単には制御できなかった。早く来いと何度も愚痴を垂れる。

すると、部屋の中に影が伸びた。それを見た瞬間、座っていたソファからイラリオは弾《はじ》かれたように立ち上がる。

「来たか！」

「大変永らくお待たせしました」

普段とは装《よそお》いが違うが、声は紫色のフードを被《かぶ》っていたあの男のものだ。

「うん？　お前、今日はローブじゃなくてタキシードなのか。しかも帽子にサングラス？　イメチェンか？」

「ええ。そんなところです。本日は特別な日、イラリオ様が原初の悪魔を呼び出してくれるのでしょう？」

「むっ……まあな。練習は充分にした。先に雑魚《ざこ》悪魔を呼び出してもいいぞ」

「いえ、雑魚《ざこ》を作り出したところで何の証明にもなりません。最初から、原初を呼び出すことが目的。迷いなく遂行しましょう」

「そうか？　俺はどっちでもいいけどな」

自信満々のイラリオを見て、帽子を被《かぶ》った男は確信した。

「（ああ……この様子は、ほぼ確実に負けますね。私がそうなるよう誘導したこととはいえ、こうも単純だと面白味がない）」

男はイラリオの敗北を直感する。だが、その敗北は意味のある敗北だ。

原初の悪魔を呼び出したあと、イラリオが悪魔を操ってしまうと困る。だから、ここ二ヶ月の間、できるだけイラリオの自尊心を刺激してきた。予想通りの展開にするために。

万が一の時は男が手を下すことも考えていたが、心配はないだろうと小さく笑う。次いで、懐《ふところ》から幾つものアイテムを取り出した。

「こちらが原初の悪魔を呼び出すのに使う材料です。どれも高価な代物《しろもの》ですが、なんとか集まりました」

「よくやった。あとは俺に任せておけ」

ぶんどるようにアイテムをかっさらっていったイラリオは、事前に用意しておいた悪魔召喚用の儀式陣の上に、奪ったアイテムを置く。最後に自らの腕を軽く斬り、鮮血を陣に注いだ。これで準備が完了する。あとはイラリオ自身が呪力を陣に込めていけば……。

イラリオの呪力に反応して、床に描かれた陣が怪しく光る。

光の色は紫。暗闇の中で鼓動を刻むような音が響く。陣から漆黒の泥が溢《あふ》れ、置かれた材料を飲み込む。その様子に、帽子を被《かぶ》った男が歓喜の声を上げた。

「ああ！　この反応は……間違いなく原初の悪魔が蘇《よみがえ》ろうとしている！」

男の声に応え、陣が鳴らす鼓動の音が一層大きくなって——光までもが強まった。

もはや目を開けていられないほどの閃光《せんこう》に包まれる。

数秒。光が弱まるまで、イラリオも帽子を被《かぶ》った男も目を開けられなかった。次第に目を刺すような光は消え、部屋の中に、新たな影が生まれる。

「んー……はぁ。久しぶりの、澄んだ空気の味がします」

影の正体は、白髪に紫色のメッシュが入った長い髪を揺らす少女。背丈はイラリオとあまり変わらない。髪色は幻想的だが、ぱっと見、外見は普通の人間だった。

美しいアメジストの瞳をぱちぱちと開閉させ、背中をグッと伸ばしてからイラリオに視線を向ける。

「お前が……原初の悪魔か？」

「人間は私のことをそう呼びますね。ふふ。どうやら私を呼び出したのはあなたかしら？　こんばんは。原初の悪魔、厄災のアスタロトと申します」

自らを原初の悪魔と名乗ったアスタロトが、恭《うやうや》しく頭を下げた。イラリオは少しだけ拍子抜けする。

「アスタロトか。俺はイラリオ。イラリオ・サルバトーレだ」

「サルバトーレ？　もしや……かの有名なサルバトーレ公爵家の？」

「悪魔が俺たちのことを知っているのか？」

「ええ。人間の中に特別強い一族がいる、と他の悪魔から聞いたことがあります。まさか、そのサルバトーレ公爵家の人間に呼び出されるとは思いませんでしたが……逆に納得もできますね」

「どういうことだ」

「単純ですよ。私を呼び出せる者はそうそういない。例え触媒などを用意しても、不完全な召喚であろうと、普通は不可能に近い。しかし、あなた方サルバトーレ公爵家の血筋がそれを可能にしたのでしょう」

そう言ってアスタロトはその場でくるくる回る。久しぶりに動けるのが嬉《うれ》しいようだ。

「不完全？　お前、弱体化してるのか」

「はい。力の半分ほどは封印されていますね。本来の私がこの世界に呼び出されると、おそらくあなたも含めて周囲にいる人間は死にますよ」

「なっ⁉」

「私、生きる災害と言われてますから」

アスタロトの言葉に、ばっとイラリオは帽子を被《かぶ》った男を睨《にら》む。

男は首を横に振って釈明する。

「怒らないでください、イラリオ様。私は最初から、完全体の原初の悪魔を呼び出せるとは思っていませんでしたよ。それに、どの悪魔が出てくるのかはさすがに分かりませんから」

「……まあいい。中途半端《ちゅうとはんぱ》でも原初の悪魔を呼び出せたんだ、これからは俺の時代がやってくる」

右手を強く握り締め、イラリオは歓喜に打ち震えた。

完全体で呼び出せていれば、存在するだけで周囲の生命が消える。それほどの力の持ち主が、力が制限されていようと弱いはずがない。ノルンはともかく、ルカやカムレンには勝てるという確信をイラリオは抱いた。

しかし、

「おい、アスタロト。今後、俺の命令に従え。俺たちが天下を取れるかもしれないぞ」

「お断りします」

「——は？」

きっぱりと、アスタロトはイラリオの命令を拒否した。次いで、イラリオの胸元を闇が貫く。

「かはッ⁉」

「ごめんなさい。私、弱い人間の命令は聞かないようにしているんです。あなた如《ごと》きの呪力では、私を制御できませんよ」

「な……なんで⁉　俺を、殺したら……」

「ご存じでしたか。ええ。召喚主を殺せば、呪力の供給が無くなって我々悪魔は現世に留まることができません。なので、もう少し利用させてもらいますね？」

「ふざっ……ける……な……」

イラリオは口と胸元から血を流す。苦しそうに顔を歪《ゆが》め、右手をアスタロトに伸ばした。

「大丈夫ですよ。寂しくはありません。すぐに同胞たちをあの世へ送りますから」

その言葉を最後に、イラリオは足下から噴き出した闇に呑《の》まれ、姿を消した。室内は静寂に包まれる。

だが、静寂も一瞬。すぐに帽子を被《かぶ》った男がパチパチと手を叩《たた》いて拍手する。

「いやはや、面白いものを見せていただきました」

「助けなくてよかったんですか？　仲間なのでは？」

「いいえ。彼はあなたを呼び出すための駒。お互いにお互いを利用していた関係に過ぎません」

「そう……だったら、次はあなたを襲えばいいのかしら？」

「おっと。申し訳ございません。私はまだ死ぬわけにはいかないのです。今回は原初の悪魔を見るのが目的。他にも用事はありますが、目的の一つは完遂しました。アスタロト様、お好きなように暴れてください。我々はじきに、原初の悪魔全てを完全体で呼び出します。もちろん──魔王と呼ばれたあの方も」

「ッ」

帽子を被《かぶ》った男の言葉に、アスタロトは初めて強い反応を示した。動揺しているのが分かる。

「あなた……ずいぶんと我々に詳しいですね。どこまでご存じなのかしら」

「悪魔に関する歴史はほとんど調べています。ですから、今宵《こよい》は暴れるだけ暴れてお戻りください」

「……分かりました。あなたの言葉を信じましょう。どうせ、私にできることはたかが知れている。期待、してますからね？」

「はい」

ぺこりと頭を下げ、帽子を被《かぶ》った男は闇の中に姿を消した。それを見送ったアスタロトは、

「では私も、最後まで楽しむとしましょう」

悪魔らしい凶悪な笑みを浮かべて、部屋を出ていく。

イベントの始まりが告げられた。

▼△▼

ダイニングルームに多くの生徒が集まっている。

その中には、テーブルの上に、馬鹿みたいに皿を積み上げている者もいた。リリスだ。

「今日もよく食べるな、お前は」

俺が声をかけると、口いっぱいに料理を突っ込んでいた彼女がこちらを向く。

「ルカ！　ようやく来たのね。早く食べないと無くなるわよ」

「無くなるまで食べるな」

「それだけ食べても成長しないだなんて……可哀想《かわいそう》」

リリスの隣に俺が腰を下ろし、そのさらに隣にコルネリアが座る。

彼女は、リリスの胸元を見下ろしてわざとらしく呟《つぶや》いた。リリスがキッとコルネリアを睨《にら》む。

「何か言ったか、無駄肉女」

「いーや？　何も」

コルネリアは嘲笑しながら視線を逸《そ》らすと、運んだ肉を凄《すご》い速度で食べていく。

普段、彼女はよくリリスの大食いを馬鹿にするが、馬鹿にできないくらいコルネリアも結構食べる。オーラを使う奴《やつ》は大食いなのか、俺もよく食べる。

サルバトーレ公爵家の人間は、例外なく全員が大食いだ。これでオーラが関係していなかったらおかしい。

「お前ら、食事の時くらい静かに――」

言葉は最後まで続かなかった。俺の声に被《かぶ》さるように、ダイニングルームの入り口から大きな音が響く。閉じていた扉を無理やり開けたのか、鈍い音が室内に響き渡った。

誰もがその音を追って、ダイニングルームの入り口を見る。壊れた扉の前には、いかにも怪しい黒ずくめの集団が並んでいた。

「学生諸君、できるだけ静かに、大人しくしていたまえ。状況が呑《の》み込めないだろうが、無駄に騒ぐと怪我《けが》をするぞ？」

集団の先頭に立っていた男の一人が、鬱陶しそうに被《かぶ》っていたフードを外して言った。

黒いフードの内側にあったのは、赤色の髪。瞳は血走るように大きく見開かれ、興奮しているのがよく分かる。完全に異常者だ。

男の台詞《せりふ》をすぐに理解できなかった生徒たちも、これが単なる遊びじゃないと気付く。

ダイニングルーム内はざわざわと生徒たちの声で騒然とするが、直後、新たな轟音《ごうおん》に全ての音がかき消される。その音の正体は、先ほど声を張り上げた男が、ダイニングルームの天井に向けて魔法を撃った音だった。

風と思われる魔力の反応が、天井をわずかに凹《へこ》ませる。

「静かにしろと言っただろうが！　殺されたいのか⁉」

激昂《げきこう》する男。遅れて後ろに並んだ仲間たちが、続々とダイニングルーム内に入ってくる。生徒を囲むように移動していった。

「ルカ、誰？　あの人たち」

小さな声でコルネリアが話しかけてくる。幸い、俺たちがいる席はダイニングルームの奥、入り口から一番遠い場所だ。小声で話せばバレない。

「不審者だろ。さっさと食事を終わらせて行くぞ」

俺は平然と食事を続けながら答えた。なぜかコルネリアは嬉《うれ》しそうに笑う。

「やる気なんだ？」

「思ったよりもタイミングは早かったが、奴《やつ》らの登場は都合がいい」

「都合？」

「俺の都合だ。あとで教えてやる」

「はあい」

「リリスもおかわりは無しだぞ。欲しい物がある。それを取りに行くからお前もついてこい」

「なんですって⁉」

男たちの登場をガン無視して大食いを継続していたリリスが、俺の言葉にショックを受けていた。

それより俺は、口に付いた汚れを拭いてほしいと思った。

「当たり前だろ。お前をここに置いて、万が一殺されたらどうする」

「生徒がたくさんいるのに？」

「雑魚《ざこ》に守ってもらえるとでも？」

「……確かに」

言い方は悪いが、大半の貴族子息・令嬢は役に立たない。俺やコルネリアみたいに幼い頃から武術を叩《たた》き込まれているわけでもないから、連中に襲われればひとたまりもないだろう。

まあ、中には自分の才能を過信して暴走する馬鹿もいるが。

「――おい、お前たち。ここがどこだか分かっているのか？」

ほら、早速お出ましだ。

入り口にほど近い席に座っていた男子生徒三人が、笑みを浮かべて立ち上がった。鞘《さや》から剣を抜いて、切っ先を黒ずくめたちに向ける。

「あ？　俺の話を聞いていなかったのか？　それともただの馬鹿か？」

やれやれ、と赤髪の男が肩をすくめる。面倒臭そうにため息を吐いているが、顔は喜びに満ちていた。人を殺《あや》めるのが好きなんだろう。

「馬鹿はお前らだ。アルスター国立学院を襲うなんて命知らずにもほどがあるだろ。生きて帰れると思うなよ？」

意気揚々と剣を構えた男子生徒三人が、躊躇《ちゅうちょ》なく不審者たちに斬りかかる。だが、赤髪の男の後ろに並んでいた仲間たちが、男子生徒たちの剣を受け止め——その隙間から、赤髪の男が魔法を放った。

炎が男子生徒三人を瞬《また》く間《ま》に包む。

「ぎゃあああああ⁉」

ダイニングルームの中に、男子生徒たちの断末魔が響く。犠牲者が出たことによって、他の生徒たちの危機意識が限界まで高まる。

悲鳴を漏らす者も現れるが、

「うるせぇ！　同じように地獄の苦しみを味わいたくなけりゃ……大人しくしてるんだな！」

赤髪の咆哮《ほうこう》に無理やり黙らされた。

その間も、俺たちは変わらない。近くで人が死んでいるにもかかわらず、ぺろりと料理を平らげる。

周囲の席に座っていた生徒たちが怪訝《けげん》な視線を送ってくるが、気にせず席を立った。コルネリアと不満顔のリリスも続く。

「……ん？　お前ら何をしてる。まさか反抗しようとでもいうのか？」

黒ずくめの一人が、剣を抜いて近付いてきた。俺は手にしたナプキンで口をしっかり拭きながら言う。

「そのまさかさ」

ナプキンを背後に放り投げ、鞘《さや》から剣を抜く。――同時に、黒ずくめの男の首を斬り飛ばした。

男は反応することすらできずに絶命する。

首が床に落ちて転がると、近くに座っていた女子生徒の短い悲鳴が漏れる。必死に押し殺しても意味がない。どうせ、叫ぼうが笑おうが俺は止まらないのだから。

「貴様ッ！　命が惜しくないようだな！」

仲間の一人が死ぬと、わらわら俺たちのほうに他の黒ずくめたちが迫ってくる。数は多いが、実力自体は大したことない。

「コルネリア、お前も手伝え。さっさと処理して移動するぞ」

「いいの？　私がやっても」

「雑魚《ざこ》には興味ない」

「了解」

コルネリアはすぐに動いた。

口角を持ち上げ、笑いながら目の前の黒ずくめたちを殺していく。剣が踊るように舞い、銀《ぎん》閃《せん》が瞬《また》く間《たま》に鮮血に染まる。

連中は餌だ。

俺やコルネリアにとって、実戦を経験できる機会は割と珍しい。魔物ならともかく、人は易々《やすやす》と斬れない。

だが、相手が暴徒ないし犯罪者であれば話は変わる。こちらは生徒や学院を救う、という大義名分を掲げ、敵を斬り殺せる。

「一人で殲滅《せんめつ》する勢いだな……セーブしろと言っておくべきだったか」

まるで鉄砲玉だな。

一度放たれたコルネリアという鉛玉は、眼前の敵を全て殺すまで止まらない。狂犬みたいな奴《やつ》だ。

けれど、黒ずくめの連中は雑魚《ざこ》ばかり。数度剣を交えてみたが、正直ウォーミングアップにもならない。

俺は残った赤髪の男さえ相手できれば――。

「うん？」

そこまで思考を巡らせて、ふいに視線が後ろの方角へ向いた。その先には、生徒がほとんど使わない空き教室がある。

壁越しかつ距離が割と離れているが、何か、大きな呪力の反応が生まれた。たぶん、誰かが呪詛《じゆそ》を使ったのだろう。とんでもないエネルギーがそちらから放出されている。

「なんだ？　ここまでアホみたいな力を持った奴《やつ》が、今回のイベントに登場したか？」

おかしいな。俺の記憶によると、これはゲームのイベントの一つだが、メインシナリオにおいてはチュートリアルに近い。

経験値を稼ぐ目的の内容だったし、強敵はほぼ出てこなかったはずだ。にもかかわらず、まったく油断できない何かが唐突に現れた。

「ルカ、感じた？」

後ろでリリスも俺と同じ方角を向きながら訊《たず》ねてくる。

「ああ。学院内に何かいるな。とんでもない化け物が」

「私はこの反応を知ってる。大昔、戦ったことがあるわ」

「お前が？　全盛期の頃か？」

「ええ。呪力の反応がその時感じたものとまったく同じ。おそらく、近くに悪魔が呼び出されたのね。それも、原初と呼ばれる最上位の個体が」

「原初の悪魔だと⁉」

リリスの言葉に俺は珍しく焦《あせ》った。

原初の悪魔といえば、《モノクロの世界》において荒神リリスに匹敵するボス級の魔物だ。

ほぼエンドコンテンツと化しており、俺も何度か戦ったことがあるが、死ぬほど強い上に面倒な能力を持っている。正直、今の状態で奴《やつ》らと戦えば確実に瞬殺される。一撃だ、一撃。

「可能性は高い。けど、私が知る原初の悪魔より呪力の総量が圧倒的に少ないわ。きっと不完全な状態で呼び出されたんでしょうね」

「これで不完全か……」

分かってはいたが、実際にこの世界の住民であるリリスに言われると、言葉の重みがまったく違った。

荒神を殺すと決めた以上、原初の悪魔にだって勝てるくらい強くならなくちゃいけない。少なくともリリスは、設定上は原初の悪魔より強いはずなのだから。

「私としては、戦わないで逃げたほうがいいと思う」

「俺を心配してくれているのか？」

「当然でしょ。ルカが死ねば、復讐《ふくしゅう》を果たせるのがいつになるかわからないもの」

「安心しろ。不完全の悪魔に俺が負けるかよ」

完全体ならともかく、不完全な悪魔が相手なら充分に勝算はある。このイベントで、賊の代わりに地下室のアイテムを幾つかいただけば余裕だ。

原初の悪魔の降臨はイレギュラーな事態だが、アドリブで対応できる範囲。タイミングがよかったと言うべきだな。

「ったく……傲慢な奴《やつ》と契約したものね」

「お前と波長が合う人間なんて、そういう奴《やつ》しかいねぇよ」

「違いないわ」

リリスは呆《あき》れたように、しかしどこか清々《すがすが》しく笑った。

「ルカー。あいつ以外はほとんど殺しちゃったよー」

俺とリリスが話をしている間に、コルネリアの足下には大量の死体が転がっていた。

「お疲れ。赤髪の男は残してくれたのか」

「うん。ルカが戦いたいかなって」

「助かる」

褒めて褒めて、と言わんばかりに俺の前にやってきたコルネリアの頭を撫《な》でる。

相手は皇女殿下だというのに、我ながら恐ろしい真似《まね》をしているものだ。しかし、コルネリアは怒るどころか満足げに微笑《ほほえ》んだ。幸せそうに見える。

「テ……テメェら、よくも好き勝手に暴れてくれたな！」

コルネリアの虐殺を眺めていたくせに、仲間がやられて赤髪の男が激昂《げきこう》する。

「計画がぱぁだ。お前らをこの部屋に閉じ込めておかなくちゃいけないって言うのに……クソッ！」

男の右手が燃える。魔法の反応を観測した。

「しょうがねぇ。俺が一人で帳尻を合わせるしかないようだな。灰にしてやるぜ、お前ら三人共」

「お前にやれるのか？　叶《かな》わない夢ほど滑稽なものはないぞ」

剣を手にした状態で、コルネリアと入れ替わるように前へ出る。

相手は剣を持っているが確実に魔法使い。魔法使いは近接戦闘に弱いと相場が決まっている。

先ほど仲間に守られていたことといい、距離を詰めれば簡単に倒せそうだ。

全身にオーラを纏《まと》い、一足で赤髪の男に肉薄する。

「ッ⁉　速ッ⁉」

男は俺の見せた高速移動に驚愕《きようがく》する。それでも魔法攻撃は止めなかった。素早く炎を火炎放射のように放つ。

俺の体は炎に包まれる——前に、またしても地面を蹴って男の背後に回った。

「遅いな、お前」

剣を振った。赤髪の男は体を捻《ね》じって攻撃を回避しようとするが、俺の剣が先に届く。

胴体を狙った剣撃は、わずかに狙いを外して男の左腕を切断した。

「ぐあああああ⁉」

あまりの痛みに男が叫ぶ。その間に魔法を構築し、水魔法で反撃を試みるが、

「なにッ⁉　嘘《うそ》……だろ？」

男の魔法は、俺の体に当たって消滅した。衝撃も何もかもが、オーラによって強化された肉体に阻《はば》まれる。

要するに、直撃したところでダメージは無い。

「ぬるいんだよ、お前の攻撃は」

正直、期待外れもいいとこだ。

黒ずくめたちのリーダーっぽい感じだから、一つや二つくらい奥の手を隠していると思ったが、他の連中より多少マシってだけ。雑魚《ざこ》は雑魚《ざこ》だ。

ため息を零《こぼ》し、剣を高らかに構える。上段から、容赦なく尻餅をついた男の頭上へ。

「――――」

男は声を発する暇もなく、二つに倒れた。

周囲から悲鳴は聞こえない。残った数名の仲間たちはもちろん、脅迫されていた生徒たちですら、凄惨な光景に声の一つも出なかった。

ダイニングルームの中は静寂に包まれる。その静寂を、ものの見事にコルネリアが破壊した。

「どうだった？　ルカ」

「弱かった。コルネリアに任せてもよかったな、あれなら」

「くふふ。雑魚《ざこ》のくせにルカの道を塞ぐなんて、最初から最後まで気持ち悪い人たちだったね」

「まあいいさ。退屈凌《しの》ぎにはなった」

「次はどうする？」

「ここを出る。ついてこい」

「はあい」

緩い声色で答え、歩き出した俺の背中をコルネリアとリリスが追いかけてくる。

他に続く者はいなかった。俺たち以外の時間が止まっているかのように、ダイニングルームは静まり返っている。

▼△▼

ダイニングルームを出て、真《ま》っ直《す》ぐ廊下を突っ切っていく。

「ねね、ルカはどこに向かってるの？」

走り出した俺の後ろから、コルネリアが短く問う。

「この学院にある隠し通路だ」

「隠し通路？　なんでそんなものが学院に？」

「地下に秘密の倉庫がある」

「倉庫……ひょっとして、面白い物が置いてある感じ？」

「ああ。いろいろな聖遺物や呪物が置いてある。基本的に、生徒へ貸し出しても平気な物ばかりだがな」

「んー？　じゃあルカは何をしに倉庫へ？　役に立たない物を手に入れるため……じゃないよね？」

コルネリアは当然の疑問を抱いた。

普通に考えて、最高位の貴族である俺なら、家の力を使えば低級のアイテムは集められる。その通りだ。わざわざ騒動に便乗してまで取りに行く理由はない。そう彼女は思っている。だが、ここでコルネリアが知らない情報を教える。

「確かに大半はガラクタだ。何の役にも立たない。けど、学院側が知らない掘り出し物も中にはあるんだよ」

「へぇ。その掘り出し物が目的なんだ」

「そういうこと。普段は人の目も鍵もしてあるが、これだけ賊が馬鹿騒ぎしてくれたんだ、監視の目も緩む。鍵も連中が開けてくれたさ。俺たちはそいつらを倒し、宝を守った——という大義名分を掲げればいい。一つや二つ、アイテムが無くなっても賊が持っていったってことにできるしな」

「でも、ルカは詳しいね。学院側が知らないことをどうやって知ったの？」

これまた当然の疑問がコルネリアの口から出てくる。

リリスは無言だ。俺が転生したことを知っているから深くは聞かない。しかし、コルネリアには伝えていない。今後も言う予定はない。彼女は、リリスと違って単なる人間。いくら俺の肩を持ってくれようが、ただの人間には教えられない。

リリスに教えたのは、あくまで彼女自身が超常的な存在だったからだ。

適当に誤魔化す。というか、秘密にした。

「秘密だ。俺にもいろいろあるんだよ」

「ぶー」

コルネリアはちょっと拗《す》ねるだけで何も言わなかった。こういうところは便利だな。実に相性がいい。しつこく聞いてくる人間は正直嫌いだ。めんどくさい。

「許せ。代わりに、お前にもアイテムを幾つかやる。今のコルネリアにぴったりのやつを選んでな」

「ほんと？　やったー。首輪とかだと嬉《うれ》しいなぁ」

「首輪？　なんで？」

装備系のアーティファクトは割と多い。探せば見つかるとは思うが、指定するほどの物なのか？

「なんでも！　私が貰《もら》えたら嬉《うれ》しいから！」

「あっそう。首輪でも指輪でもいいぞ。たぶん、一つや二つくらいあるはずだ」

「約束だよ？」

コルネリアは嬉《うれ》しそうに言うと、それ以上は何も追及してこない。

静寂が訪れ、俺たちは口よりも足をひたすら動かした。そうすることで、隠し通路の前に到着する。

「……あれ？　廊下の壁が開いてる」

コルネリアが隠し通路に続く廊下の一角、四角形に開いた穴を見て首を傾《かし》げる。

俺たちは一度足を止め、入り口の前に立った。

「ここが隠し通路の入り口だ。開いているってことは、先に誰かが入ってるな。黒ずくめの連中の仲間だろ」

それ以外に、この状況で隠し通路へ行く奴《やつ》はいない。

「あの不審者たちもルカと同じアイテムが狙い？」

「俺が欲しいやつとは別のだ。悪魔を召喚するための触媒を探してる」

「悪魔？　悪魔ってあの悪魔？」

「どの悪魔かは知らんが、凶悪な魔物のことなら正解だ」

「その悪魔だね。けど、悪魔を呼び出すために学院を襲撃するなんて大胆だなぁ」

コルネリアは不審者たちに感心する。

ゲームをプレイしていた時、最初は彼女と同じ感想を俺も抱いた。もっと安全に、別の手段で入手すればいいのに、と。

だが、シナリオを進めていく内に、地下室に置いてあるアイテムじゃなきゃいけなかったことが判明する。悪魔の完全体を呼び出すためのアイテムは、簡単には手に入らないのだ。

「それだけ地下室に置いてあるアイテムが必要ってことだな」

「ルカは相手の目的にも詳しいんだね」

「程々にな」

「程々なのかな？　まあいいや。それより、この先に敵がいるけど……ヤッちゃってもいいんだよね？」

コルネリアの瞳が爛々《らんらん》と輝いている。渦巻く小さなエネルギーの中には、明確な殺意が宿っていた。

「好きにしろ。最初から一人も逃す気はない」

「いいね。たくさん戦えて今日は楽しいなぁ」

飛び跳ねる勢いでコルネリアが先に、隠し通路の奥へと走っていった。その背中を追いかけていると、背後からリリスが、

「ここまではあんたの計画通り？　ルカ」

という言葉を発した。

振り向くことなく答える。

「そうだな。順調だ。あとは目当てのアイテムさえ手に入れられれば、復讐《ふくしゅう》にもグッと近付

く」

「ふふっ。ならいいわ。あんまり私を退屈させないでね？」

「無茶なことを言うな」

お前みたいな不老の生き物をずっと楽しませてやれるほど、俺の寿命も気も長くはない。それに、復讐《ふくしゅう》さえ果たせば契約は終わる。その時は、逆に俺とリリスが刃を交えることになるだろう。奪われた力を巡って。

それまでは、仲良くしてやる。

今後訪れる未来を想像して、俺は「ふっ」と鼻を鳴らす。少しだけもの悲しいと思ったのは、きっと気のせいだ。

▼△▼

三人で薄暗い通路を駆けていく。次第に目的地が見えてきた。

「！　ルカ、敵がいるよ」

俺より前を走っていたコルネリアが、白色の大きな扉の前に並んだ黒ずくめの男たちを見て、瞬時に剣を抜いて言った。

あの白い扉は倉庫の入り口だ。その前に立っているのは、俺たちみたいな邪魔者を妨害するための兵。その証拠に、コルネリアに気付いた黒ずくめの連中は、次々に武器を構える。

「あははは！　弱いのに頑張るね」

しかし、ダイニングルームの時と同じだ。コルネリアのほうが圧倒的に彼らより強い。

小さな明かりに照らされた黒い影が、踊るように他の影を斬り裂いていく。的確に首を刈り取られた黒ずくめたちは、床を赤く染めて倒れた。

容赦がない。どうせ尋問したところで情報を吐くとは思えないが、それにしたって一切躊《ちゅう》躇《ちょ》がないのはどうなんだ？

「弱い。凄《すご》く弱いなぁ、この人たち」

扉を守っていた黒ずくめたちを全滅させると、血に塗れたコルネリアが肩を落とす。

今のところ、俺たちを楽しませてくれる相手が一人もいない。戦いを楽しむ傾向にあるコルネリアには、酷《ひど》く退屈なんだろう。「つまらない」と顔に書いてある。

「雑兵《ぞうひょう》をいくら殺してもそんなものだ」

「強い奴《やつ》の一人や二人、いないのかな？」

「一人くらいいるだろ」

「期待薄だけどね。いたら私がもらってもいい？」

「構わない。ダイニングルームじゃ、一人譲ってもらったしな」

「さすがルカ。話が分かる」

上機嫌に鼻歌を奏《かな》でながら、コルネリアがさらに奥を目指す。

わずかに開いた白塗りの扉をくぐり、倉庫の中に入っていく。

倉庫の中は、扉と同じ白色で覆われていた。実に簡素だが、簡素だからこその美しさもある。

何より、全体が白いと黒がよく目立つ。倉庫に侵入した、黒ずくめたちの姿が。

「敵、発見」

前方の敵をコルネリアが指差す。

相手もこちらに気付いた。驚いたような声を出す。

「子供？　学院の生徒か。どうしてお前たちがここにいる。大半の生徒はダイニングルームに集まっているはずだが……」

「そういうことは仲間にでも聞けよ。——あの世でな」

「ッ!?　まさか……お前たちが殺したのか！」

黒ずくめの一人が吠《ほ》える。声に怒りの感情が含まれていた。

俺はくすりと口角を上げて小さく笑う。

「それがどうした？　学院を襲ったお前らが、よくも仲間を──、とか言っちゃう感じか？」

どの口が。

「黙れ！　仲間たちの無念は俺が晴らす！」

男の一人が剣を抜く。コルネリアがさらに一歩前に出て、男の進路を妨害した。

「女、邪魔をするな！　俺はそこにいるクソガキに用があるんだ！」

「ぶんぶんぶん、うるさいなぁ。ルカに集る蠅《はえ》は私が殺す」

「ほざけ！　お前から殺してやる！」


「待て‼」


大きな声が、新たな声が、倉庫の入り口から響いた。

俺も黒ずくめたちも同時にそちらへ視線を向ける。

なんとなく、俺は嫌な予感がしていた。聞き覚えのある声に、胸がざわつく。そして、その男を視界に捉えた瞬間、目を大きく見開いた。

「……エイデン？」

倉庫の入り口に立っていたのは、地味めな茶色の髪の少年だった。

間違いなく、俺が入学後にボコボコにした原作主人公エイデンだ。

なぜ、奴《やつ》がここに？　ゲームのシナリオでは、エイデンが連中とぶつかるのはもう少しあとのことだ。そもそも倉庫内じゃない。

そこまで考えて俺は、自らの無意味な疑問を消し去る。

今更だな。

エイデンがアルスター国立学院に入学した時点で、俺が知っている原作のシナリオは破綻していた。そばにいるべきヒロインのコルネリアは、俺の仲間でむしろエイデンを嫌ってすらいる。

本来は犠牲になるはずの生徒が生存し、多くの賊を殺した。

何もかもが原作とは違うのに、エイデンの動きは原作通りに進むと考えるのは、おかしな話だ。

これは、結果的に俺が進めた物語。

どのようなエンドを辿《たど》るのかは知らないが、一々イレギュラーに驚いていたら足下を掬《すく》われる。思考を切り替えろ。柔軟に現実を見ろ。

対処し、利用するのだ。

「お前らはダイニングルームにいた奴《やつ》らの仲間だな！　俺が相手になってやる！」

正義感っぽい何かを振り回し、剣を構えたエイデンが走った。俺たちの隣を通り抜けて黒ずくめたちに突っ込む。

「……は？」

コルネリアが、敵を奪われてブチギレ寸前だった。目からハイライトが消える。

「やれやれ……面倒事はあの勘違いヒーローが片付けてくれるらしい。俺たちは先にアイテムの回収に移ろう」

エイデンに襲いかかろうとしていたコルネリアの肩を摑《つか》んで引き寄せる。半ば無理やり俺の体に密着する形になったコルネリアは、先ほどまでの殺意を消して頰を緩めた。

「えー？　私も戦いたい。あの男、殺したいな」

「止めとけ。争うだけ無駄だ」

「絶対ダメ？」

「ダメだ。お前は俺の用事を手伝え。どのみち、あいつじゃ賊には勝てない。適当に遊ばれて終わりだ」

「そうなの？」

コルネリアがきょとんとする。俺は頷《うなず》いて続けた。

「間違いないな」

俺が戦ったエイデンはかなり弱かった。二ヶ月も経《た》てば成長しているとは思うが、今見るかぎりだと厳しいな。

事実、すでに押され始めている。

せっかく忠告してやったのに、相変わらずオーラと魔法を切り替えて使っていた。あれじゃ、勝てるはずもない。

コルネリアの体を引っ張りながら、周囲の棚に置かれたアイテムを吟味していく。その間も、倉庫内には剣の奏《かな》でる甲高い金属音が響いていた。

あの馬鹿が敵の目を引いている内に、さっさとアイテムを探す。教師や他の生徒に見られると、俺たちがまるで倉庫内のアイテムを盗んでいるかのように思われるからな。

あくまでこれは、賊を倒した報酬。勘違いされたくないからさっさと集めているだけだ。そういうことにしておく。

リリスにも協力させ、三人でアイテムの回収に勤《いそ》しんだ。

▼△▼

「……よし、これで全部集まったか？」

背後で断続的に聞こえてくる金属音を無視すること数十分。リリス、コルネリアの二人と共に、倉庫の中を物色しまくった俺は、目当てのアイテムを全て揃《そろ》えた。

オーラの質を強化してくれる《闘神の指輪》。

魔力総量を増やしてくれる《神秘のイヤリング》。

黒ずくめの連中が求めていた《黒い薬草》。

そして最も手に入れたかった《虹色の水晶》。

以上の四点を俺は持ち帰る。

「これが私たちに必要な物？」

自分の分のアイテムを運んだコルネリアが、怪訝《けげん》な声で訊《たず》ねる。

「ああ。リリスの分は俺のだが、コルネリアは自分で装備しろ。主にオーラと魔力の放出量を上げてくれる物を選んだ」

「ふうん。こんな道具で強くなってもしょうがないんじゃない？」

「それは違うな、コルネリア」

ハッキリと俺は言う。

「装備に頼り切るのは俺も好きじゃないが、装備も含めて自分を強化しろ。勝ちたいならどんな手も使うべきだ」

「なるほどね。ルカが言いたいことは分かったよ。ちゃんと言う通りにする」

「ならいい。俺はお前に死なれると困る」

「ッ!? それって……」

コルネリアの顔がみるみる内に赤くなった。まるで熟れたリンゴやトマトみたいに。

「イチャイチャするのはいいけど、あれ、どうするの？」

リリスが俺とコルネリアの会話に割り込んできた。コルネリアの目が細くなる。ハイライトが消えているように感じたが、きっと気のせいだ。それより、リリスが顎でくいっと示した前方を見る。そこには、ボロボロの姿で黒ずくめの連中相手に奮闘するエイデンの姿が。

アイテム漁《あさ》りに夢中ですっかりエイデンの存在を忘れていた。気付いた時には、もうエイデンの体力が底をつきかけている。

主人公補正みたいなものはないのか。このままだとあっさり殺されそうだな。

全身の至る所から血を流し、肩を上下させながら荒い呼吸を繰り返している。そろそろ助け船を出してやるか。

リリスから受け取った装備を含め、集めたアイテムを纏《まと》い、俺は立ち上がった。コルネリアもついてくる。

「ルカ、助けるの？　入学式のあとでルカに生意気な口きいた人じゃない？」

「お前が他人を憶《おぼ》えてるのは珍しいな」

「嫌いな人は記憶に残るよ」

「そ……そうか」

意図したことではあったが、完全にコルネリアは原作主人公を敵視している。無関心、くらいがちょうどよかったが、あいつが余計なことをするもんだからそれ以上の関係になってしまった。俺は悪くない。

「けど、許してやれ。俺は弱者に腹を立てるような浅慮な人間じゃない」

「えー？　でも、あの人が死ぬ分にはよくない？　別に助けるメリットは無いんだし」

「コルネリアらしい意見だな。俺もそう思わなくはないが……あいつはまだ必要だ」

原作主人公はこの先のシナリオの展開でどうしても欲しくなる。逆に、あいつがここで死ぬと厄介だ。面倒事を押しつけられない。

コルネリアにはその手の説明はしにくいが、俺を慕ってくれる彼女なら、それだけ言えば充分伝わるだろう。コルネリアは俺の期待通り、

「そっかぁ、残念」

と口をすぼめながらも納得してくれた。

「授業にかこつけてボコるくらいなら許す。コルネリアの好きにしろ」

「分かった。そうする」

コルネリアが返事をするのと同時に、俺は歩みを進めた。戦っているエイデンたちの間に割って入る。

「お、お前は！　なんで戻ってきた！」

エイデンが俺の顔を見て表情を歪《ゆが》めた。

圧倒的格上の貴族に対して「お前」とは、なかなか根性あるな。だが今は許してやる。状況が状況だ。

俺はエイデンからの視線を無視し、対面の黒ずくめたちを見た。

「お前ら、そんなに弱い者いじめが楽しいのか？」

「弱い……者？」

答えたのは黒ずくめではなく、俺の後ろに倒れたエイデン。

か細い声から伝わってくるのは、怒りと悔しさ。反論したかったが、俺に負けた奴《やつ》に何が言えるのか。ボロボロになっている現状を含め、エイデンは口をつぐんだ。

「次は俺たちが相手になってやるよ」

「君たちは楽しませてくれるかな？」

俺の前にコルネリアが出る。

剣を抜いた彼女を見て、黒ずくめの連中が警戒を強めた。

「ガキ共が、舐《な》めやがって。殺せ！　一人も逃すな！」

集団のリーダーと思われる男がそう叫ぶと、他の仲間が一斉にコルネリアに襲いかかった。

彼女は笑みを浮かべると、自らもまた集団の中へと飛び込む。激しい戦闘が始まった。

「ルカ、このあとはどうするの？」

コルネリアが圧倒的な力で無双している光景を眺めながら、俺の隣でリリスが問う。

「原初の悪魔を倒しにいく。今なら勝てる」

「ま、そうよね。相手は不完全な悪魔だし、私も止めないわ。本当は止めたいけど」

「強敵との戦いは貴重な経験だ。それに、原初の悪魔を倒さないと学院が滅茶苦茶《めちゃくちゃ》になる。教師陣が問題を解決できるかどうかは置いといて、学院が滅茶苦茶《めちゃくちゃ》になると、次の鍛錬が先延ばしになるかもしれない。それだけは避けないとな」

まだまだ学ぶことは山のようにある。

今回、悪魔が登場してきたわけだし、呪詛《じゅそ》に関して勉強するのも悪くないな。強化魔法ができたおかげで、他の能力を並行して鍛える意味が出てきた。エイデンとは違い、俺にはバランスよく鍛える意味がある。

「でも、そもそもなんで原初の悪魔が呼び出されたのかしら？　不完全な原初の悪魔なんて呼び出しても大した意味はないのに。今回は特に、呼び出したほうも中途半端《ちゅうとはんぱ》な才能。今のルカとそんなに力の差がないもの」

「生意気な意見をありがとう。……まあ、召喚した理由は察しがつく」

確かに今回の件は俺も気になってはいた。本来のシナリオでは、原初の悪魔など登場しない。序盤でそんな化け物が呼び出されたら、普通のプレイヤーは詰む。

事実、エイデンの実力では確実に原初の悪魔に勝てない。

シナリオを変えるほどの条件が学院にあったのか、連中に変化があったのか、詳しい事情までは知らないが、これだけは言える。

「完全体で原初の悪魔を呼び出すための実験、だろうな」

「は？　人間が悪魔を完全体で呼び出そうとしているの？　それも、原初の悪魔を？」

「侵入してきた賊は悪魔崇拝者たちだ。連中の悲願はただ一つ。原初の悪魔の中で最も強い《魔王》を呼び出すこと。そのために活動している」

「ハァ……人間というのは愚かね。あいつを呼び出したところで、何かを叶《かな》えられるはずもないのに」

「連中が望むのは破滅だけさ。そういう願望があるんだろ。くだらない」

リリスの意見には俺も同意する。

俺も同じ人間だが、人間というのはどこまでも欲深く愚かだ。たまに相反することを行い、何かを傷付けることでしか何かを得られない。

矛盾の中で葛藤し、醜く足掻《あが》く。しかし、それが世界の在り方であるなら従うしかない。いくら俺が強くなろうと、ただの人間。個人にはできることは限られているのだから。

「それはそうと、さっきの言葉、まるで魔王と知り合いみたいに言うんだな」

「全盛期の頃に戦ったことがあるわ」

「本当か？」

「ええ。奴《やつ》は本気の私と引き分ける稀有《けう》な存在よ。この世界に完全体として召喚されれば、間違いなく世界が滅ぶわ」

「それってつまり……」

「私と引き分けた奴《やつ》は、完全体ではなかった」

「……そうか」

さすが魔王。悪魔たちの住む異界を支配する最強の生物。

全知全能とは言えないが、神の名を冠するリリスをもってしても、弱体化した状態ですら倒すことができなかった。間違いなく、作中最強のキャラクターだろうな。

ただ、俺は魔王の姿を知らない。ゲームには名前だけ出てきた。

原作のラスボスはリリスだ。ゲームに魔王が登場するなら、ラスボスもまた変わっていたはず。

「ルカ、笑ってるわよ」

「おっと」

言われて気付く。リリスに魔王の話を聞いた俺は、無意識に口角を吊《つ》り上《あ》げていた。

「立派なサルバトーレ公爵家の人間ね。強者がいると分かれば喜んでしまう。病気よ、それ」

「お前だって魔王の力が知りたくて戦いを挑んだんだろ？　同じだ」

「……まあね」

図星を突かれてリリスはそっぽを向いた。

「やっぱりな」

リリスは俺たちサルバトーレ公爵家の人間によく似ている。強者を求めて暴れ回っていたところなんてそっくりだ。

「ルカー。全員倒したよー！」

いつの間にか金属音は消え、返り血に塗れたコルネリアが手を振りながら戻ってくる。

意外と早かったな。倉庫に侵入した奴《やつ》も雑魚《ざこ》だったらしい。

「お疲れ。楽しめたか？」

「まあまあかな。暇潰しにはなったよ」

「よかったな。じゃあ、さっさと次の獲物を探しに行くぞ」

「次があるの？」

「とっておきの敵が残ってる。俺とお前で一緒に倒すぞ」

「ルカが私に協力を求めてくるってことは、相当強いよね？　相手」

「強い。たぶん、途中でお前はリタイアする。キツくなったら退け」

「了解。その時は大人しくしてるね」

コルネリアの了承を得ると、俺たちは振り返って来た道を戻っていく。

エイデンは俺たちを見ながらも何も言えなかった。自分ができなかったことをあっさり成し遂げたコルネリアにも、何か言いたげな顔をしていたが、ついぞ一言も会話を挟まないまま俺たちは倉庫を出た。

さて、原初の悪魔はこっちのほうに来ているな。きっと生徒や教師を襲いながら移動しているのだろう。

間もなくかち合う。俺は思わず再び笑みを浮かべてしまった。

▼△▼

暗闇の中から、海色の瞳が男を覗《のぞ》く。

「ひぃッ⁉」

見つめられた男は、恐怖から尻餅をついて後ろに倒れてしまった。

震えた足では立てない。必死に、暗闇の中から近付いてくる何かに魔法を撃ち込んだ。しかし、何度魔法を当ててもその何かは怯《ひる》まない。

気付けば目の前に、白髪の少女が立っていた。

「無駄な抵抗は終わりですか？　お疲れ様です」

「やめ――ぐあああああッ⁉」

少女の体から湧き出た闇が、鋭い槍《やり》のように尖《とが》って男の体を貫く。次いで、闇が男を呑《の》み込んだ。

「ん～、やはり直接人から生命力を奪い、それを呪力に変換するのが一番効率的ですね」

彼女は暗闇の中で笑っていた。足下から溢《あふ》れた闇は、また足下の影へと戻っていく。そこには、先ほどの男子生徒の姿はなかった。白髪の少女だけが立っていて、それ以外の何も存在しえない。

「もっと人を食べないと。このままでは遊び疲れて消えてしまう」

「――遊び相手をご所望か？」

暗闇から返事が飛んできた。白髪の少女は廊下の奥に視線を向ける。

廊下の灯《あか》りは全て少女が破壊した。暗闇の中でも彼女は自由に動ける。暗闇というのは、彼女にとってのアドバンテージ。だが、初めて白髪の少女は恐怖に似た感情を抱く。

理由は分からない。なんとなく、声の主が恐ろしい何かに思えた。そして、それは闇の中から姿を現す。

「ずいぶん生徒を殺して回ったようだな。血の臭いがベッタリこびり付いているぞ？」

コツコツと靴音を鳴らし、ゆっくり歩み寄ってくるのは、周囲と同じ闇色の髪の少年。

暗闇の中でもハッキリと分かるほど美しい緋色《ひいろ》の瞳が、真《ま》っ直《す》ぐに白髪の少女を射貫《いぬ》いていた。

少年の後ろには、同《おな》い歳《どし》くらいの少女が二人。片方の、薄紫色の髪の少女には見覚えがあった。

「あら……これはまた珍しい。荒神が人間と一緒に行動しているんですか？」

かつて自分と戦ったことのある相手だった。名前は知らないが、圧倒的な力をよく覚えている。

「原初の悪魔はあなただったの。虫女」

「その口ぶり、久しぶりだというのに変わりませんね」

「そっちこそ」

「感動の再会に水を差して悪いが、俺も話に混ぜてくれよ、原初の悪魔」

「決してあなたを除《の》け者《もの》にしようとしたわけではありませんよ？　そちらにいる荒神とは、少々因縁があるだけです」

少々どころではないが、過去に自分が敗れた話など彼女はしたくもない。だから詳細は口にしなかった。

「別に興味はないさ。それより、お前、名前はなんて言うんだ？　殺す前に教えてくれ」

「殺す？　人間が、私を殺すと仰《おつしや》いましたか？」

「ああ」

黒髪の少年は何の躊躇《ちゆうちよ》もなく頷《うなず》いた。恐怖も不安も顔には見られない。思わず白髪の少女はくすりと笑ってしまった。

「ふふ……あはは！　もの凄《すご》い自信ですねぇ。私が原初の悪魔だと知っていても、なお勝てると？」

「問題ない。どうしてそうなったのかは知らないが、お前を呼び出した奴《やつ》は中途半端《ちゆうとはんぱ》な雑魚《ざこ》だ。召喚主には恵まれなかったな」

「そこまでお見通しですか……本当に面白い。では名乗らせていただきます。私は原初の悪魔、

《厄災のアスタロト》。全てを呪い、全てを壊す者。あなた様の名前は？　記憶に留《とど》めておきます。人間の中にも、愚かで面白い者がいた、と」

「ルカ・サルバトーレ。悪魔にもあの世はあるのか？」

黒髪の少年が、腰に下げた鞘《さや》から剣を抜いた。不思議な剣だ。普通の剣と違って刃がやや湾曲している。逆向きに反っているのは、斬れ味を高めるためか。何より、その剣からは不気味な呪力が滲《にじ》み出《で》ていた。原初の悪魔であるアスタロトをもってしても理解できない闇が渦巻いている。

「ルカ……サルバトーレ？　ひょっとしてイラリオ・サルバトーレという名前に心当たりがあったりしませんか？」

「イラリオ？　俺の兄だが、それがどうかしたか？」

「お兄さんでしたか。ふふ。感動の再会をあなた様にもプレゼントしましょう。私たちだけでは不公平というもの」

「？」

ルカはアスタロトが何を言ってるのかサッパリ理解できなかった。だが、答えはすぐにアスタロトが行動で示す。

彼女は右手を持ち上げると、足下から闇を呼び出して人の形を作った。人というにはあまりにも大きな何かが、闇の中から出てくる。

それは、顔以外は変異してしまったイラリオ・サルバトーレ本人。

アスタロトは契約者であるイラリオを自分の保有する闇の世界へ連れていき、そこで呪詛《じゆそ》を刻み、化け物へと変えていた。ルカより背丈の小さかったイラリオは、変異の影響で身長が二メートルを超え、ガリガリの枝みたいな手足は柱のように太くなっている。

血管が浮き出るほどの筋肉量に、体の至る所から生えた謎の顔。魔物や人間の顔を継《つ》ぎ接《は》ぎして作られた怪物と化していた。

「なるほど。どこの馬鹿が悪魔を呼び出したのかと思っていたが……原初の悪魔を呼んだのはイラリオ兄さんだったのか」

わざわざアスタロトがイラリオを生かしている理由。さらに化け物になったイラリオを自分に見せてきた理由をルカは瞬時に悟った。

「その通りです。彼は己に才能が無いことを嘆き、力を求めて私を呼び出しました。実に哀れで愚か。凡人に私が付き従うと、本気で信じていたらしいですよ？」

「確かに馬鹿だな。本当にみっともない兄だ」

ルカは一歩前に出た。召喚されたイラリオ・サルバトーレもルカのほうへ歩み寄っていく。

「けれど、力を求めて我武者羅《がむしやら》に何かをしようとしたのは立派だな。力が無いくせに焦《あせ》ったのが悔やまれる」

「あらあら、優しい言葉を囁《ささや》いてあげるのね。どうしますか？　お兄さんを殺しますか？」

「――え？　そりゃあ普通に殺すだろ？」

「へ？」

スパッ、とイラリオの首が斬れた。ルカが、手にしていた刀で容赦なく斬り裂いたのだ。一切の葛藤が無い。

思わずアスタロトは唖然《あぜん》とする。肉親をああも簡単に殺せるものなのか？　と悪魔らしからぬ思考に陥った。直後、なんとかアスタロトは笑みを戻して立て直す。

「……いやいやいや！　首を斬っても私の呪いがある限り、傷口は再生して――」

「しねぇよ」

彼女の言葉を遮り、ルカがそう断言した。

実際に、変異したイラリオ・サルバトーレは一向に傷口を再生させることも、動くこともなく倒れる。再びアスタロトの顔に驚愕《きょうがく》が浮かんだ。

「ど……どうして再生しないの!?」

「口調が乱れてるぞ、悪魔。答えはこいつだ」

見せつけるようにルカが手にした剣をアスタロトの前に突き出した。

「その剣が……何だと言うのですか！」

「これは東方に伝わる刀って武器だ。名称はムラマサ。強力な呪いが込められている」

「なッ!?　私の呪いを上書きして再生能力を消したとでも!?」

「でなきゃ他に説明できるか？　お前の操り人形は死んだ。供給されていた呪力も切れたことだし、いつまでお前の体がもつかな？　今まで殺し回った人間たちを呪力に変えたくらいじゃ、まともに活動し続けられないだろ？」

「くっ！　そのことまでご存じでしたか……」

原初の悪魔アスタロトは険しい表情を作った。こちらの情報はほぼ皆無に等しいが、こちらは相手の情報をかなり持っている。情報というのは、戦いを左右する要素の一つ。優位に立っているのはルカだ。

「しかし、あのような木偶《でく》を倒したくらいで調子に乗ってもらっては困りますね。私一人で戦ったほうが遥《はる》かに強いことを教えてあげましょう」

「知ってるさ、お前の強さくらい」

「ルカ、私もいくよ？」

後ろからコルネリアがやって来る。ルカの隣に並ぶと、彼女も剣を構えて臨戦態勢を整えた。

「ああ。お前は陽動だ。好きに暴れろ」

「はあい」

答えるなり、彼女は床を蹴ってアスタロトに肉薄した。青色のオーラによって強化された強烈な一撃が放たれる。

狙いはアスタロトの左脚。相手の機動力を奪おうという魂胆だ。

「遅いですよ、人間さん」

アスタロトはコルネリアの一撃を防ぐ。左手から伸びた黒い剣が、禍々《まがまが》しい何かを纏《まと》ってコルネリアの刃をガードした。

「さすが高位の悪魔。呪詛《じゅそ》をよくもまあそんな簡単に操るな」

コルネリアが攻撃する時、ルカもすでに動き出していた。

壁を蹴って横からアスタロトの首を狙う。薙《な》ぎ払《はら》った剣は、首を左方向に傾けたアスタロトに避けられた。

「今ので倒せるとでも？」

「思っていないさ」

ルカはニッと笑って体を左側に捻《ね》じる。思い切り右足でアスタロトの胴体を蹴り飛ばした。

連続技に反応できず、アスタロトは後ろに吹っ飛ぶ。

「ぐっ⁉　器用な真似《まね》を！」

オーラで強化したルカの攻撃を喰《く》らいながらも、アスタロトにさほどダメージは無い。原初の悪魔を名乗るだけあって頑丈だ。

「（やはり、剣で攻撃しないと決定打にはならないか）」

床に着地したルカが、冷静に彼女を視界に捉えながら思考を巡らせる。

次の行動も迅速だった。

「コルネリア、肉壁」

「任せて」

ルカの指示に、彼女は何の疑いもなく従う。

先にアスタロトのほうへ向かい、防波堤の代わりになる。

「何をしたいのか分かりませんが、もう近付けさせませんよ！」

接近してくるコルネリアを嫌がって、アスタロトが呪詛《じゅそ》による攻撃を開始した。

黒い棘《とげ》のようなものが次々に飛んでくる。まるで矢だ。黒い矢一つ一つに呪いが込められている。当たれば心身共にダメージを負うだろう。だが、コルネリアは気にせずアスタロトへ突っ込んだ。ルカに言われた通りアスタロトの攻撃を弾いていく。

「ッ！」

いくらコルネリアでも、無数の広範囲攻撃を一人で叩《たた》き落《お》とすことはできない。致命傷以外の攻撃は極力無視して生存に重きを置いた。

脚、腕、脇腹など、防御を無視してダメージを喰《く》らう。少しずつ精神を呪詛《じゅそ》に蝕《むしば》まれていった。けれど、それを感じさせないほど楽しそうに彼女は笑って叫ぶ。

「ルカのための痛み。これもまた、愛だよね？」

血を流しながらも彼女は恍惚《こうこつ》の表情を見せる。

アスタロトが引き、攻撃が止《や》む。その隙をコルネリアは見逃さない。

「今、チャンスだよ、ルカ！」

「よくやった、コルネリア」

コルネリアがアストロトの攻撃を防いでくれたおかげで、充分にオーラを練り上げる時間が稼げた。莫大《ばくだい》なエネルギーがルカの体内から放出される。そこには、オーラを強化してくれるアイテムによる補正も加わっていた。

「なんてオーラの量……サルバトーレ公爵家、侮《あなど》れませんね」

ルカのオーラ量を見てもまだアスタロトに余裕があった。

無理もない。ルカが全力で攻撃しても、彼女を殺すことは不可能。ここまで頑張ってもなお、弱体化した原初の悪魔のほうが強い。

――ただし、オーラによる攻撃だけ、なら。

ルカは素早くコルネリアの後ろからアスタロトに迫る。コルネリアはそれを見送って床に倒れた。

よく頑張ってくれたと呟《つぶや》き、ルカはさらに前へ踏み込む。もうアスタロトとの間に距離はない。

「行くぞ？　悪魔」

刀を振るう。アスタロトも漆黒の剣で防御しようとするが、純粋な身体能力はオーラを持つルカのほうが上だ。

元々呪詛《じゅそ》は搦《から》め手《て》。正面から突っ込んでくるオーラ使いには弱いと相場が決まっている。徐々にルカの攻撃が彼女の体を掠《かす》め始めた。

剣を弾き、腕を引き戻す間に腹部を斬りつける。

「俺のほうが速いな」

「舐《な》めないでください！」

押されていくアスタロト。彼女は速度による差を補うために手数を増やした。足下から闇が広がり、棘《とげ》のように、槍《やり》のようにルカの体を貫こうとする。その攻撃を踊るように避けながら攻撃を続けた。

手数がルカの攻撃速度に届き、戦いが拮抗《きっこう》。このままでは長期戦になる。そうなると有利なのはルカだ。

不完全な状態で呼び出されたアスタロトは、呪力の供給が少ない。そんな状態で呪詛《じゅそ》を使い続ければその内ガス欠する。打破するには、どこかで勝負に出ないといけない。ルカはあえてそれを誘った。

すると、

「そこ！」

アスタロトが早くも動いた。

上段から全力の一撃を振り下ろす。対してルカは、迎え撃つように刀を斬り上げた。

力で勝るルカの刀が、アスタロトの剣を後ろへ弾く。衝撃を受けてアスタロトの体まで後ろに仰《の》け反《ぞ》った。あれではすぐに反撃はできない。隙だらけだ。急所に一撃を喰《く》らわせられる。

手首を曲げて、腕を引くより先に突き技を放った。剣を引き戻している時間がもったいない。それなら首めがけて剣の切っ先を刺したほうが速い。

ルカの攻撃が、アスタロトの首に真《ま》っ直《す》ぐ向かっていった。その途中、アスタロトの体、腹部から闇が放出される。

闇は実体を伴ったギザギザの槍《やり》のようなものとなってルカを捉える。このまま前のめりに突っ込めば確実に上半身が貫かれて絶命するだろう。まさに必殺のカウンター。アスタロトはこれを狙っていた。

——ということを、ルカも知っていた。

「惜しかったな」

ぴたりとルカは動きを止めた。片足に力を入れて全体重を支える。そして、体を一歩後ろへ下げた。アスタロトの攻撃がギリギリ当たらない。

「なッ⁉　読んでいたの⁉」

お前の攻撃パターンなんて見え透いている、とルカは内心で呟《つぶや》いた。あれだけ分かりやすい隙を作っておいて、そのままやられるわけがない、と。

相手は伝説の悪魔。警戒くらいはしておく。

そして、カウンターに力を入れたアスタロトは、今度こそ隙ができる。ルカは再び床を蹴ってアスタロトに接近。そこから連続で彼女の体を斬りつけた。

即座に反撃をする余裕はなかったが、どうにかしてアスタロトは致命傷を避けるように攻撃を躱《かわ》す。小さくないダメージが積み重なっていき、アスタロトはボロボロになった。だが、その状態でも彼女は生きているし、ムラマサの呪いを受けても平然としてる。

元来、悪魔には呪いが効きにくい。ムラマサも例外ではないとルカは思っていたが、原初の悪魔は弱っていても強い。操り人形に過ぎないイラリオとは違い、アスタロト本人の耐性は鉄壁だ。

「まだ……負けていませ――」

「いや、終わりだよ」

再生より先に呪詛《じゅそ》を使おうとしたアスタロトの胸元に、ルカの左手が触れる。

左手には小さな炎が揺らめいていた。

「ッ⁉　魔法……？」

炎の正体にアスタロトが一瞬で気付いた。だが、もう遅い。これこそがルカの最大の攻撃。

炎が前方に噴き出される。その勢いは、アスタロトの上半身を吹き飛ばすのに充分だった。

赤色の光が、勢い余って一階の天井をぶち抜く。ついでと言わんばかりに二階の天井も貫くと、やや斜めに逸《そ》れて夜空を明るく照らした。

「ただの魔法じゃない」

今のは強化魔法だ。

アスタロトは悲鳴を上げる暇もなく、胸から上を綺麗《きれい》に吹き飛ばされて絶命する。力を失い、黒焦げの状態で床に倒れた。

最初から悪魔という存在は物理攻撃より魔法攻撃のほうがよく効く。ルカがオーラをメインに使ったのは、あくまで彼女の意識をオーラに向けるのと、近付いて魔法攻撃を当てるため。

きっと威力が低いと誤解し、一撃くらいは受けてくれると信じていた。あとはその一撃に全てを注げばいい。

「意外とあっけなかったわね」

後ろでは、腕を組みながらこちらを見守るリリスが、小さな声で呟《つぶや》いた。静かな廊下の一角に、その声はよく響く。

「だな。強化魔法……予想以上に使える」

初めて実戦で試したが、威力は申し分ない。元から魔法は全ての能力で最も威力が高い。それをさらに強化できれば、これくらいはできるというわけだ。

「さすがルカ。私、あの悪魔に手も足も出なかったよ」

壁に背中を預け、血だらけで倒れるコルネリアが、あはは、と乾いた笑い声を上げる。彼女に近付き、肩に触れて祈禱《きとう》を発動した。

「何言ってんだ。コルネリアが攻撃を防いでくれたおかげで楽に勝てたんだろ。助かった」

　黄金色の光がコルネリアの全身を癒やす。

　最初にアスタロトの攻撃を彼女が防いでくれなかったら、ルカもジリ貧だった。呪詛《じゅそ》を使うアスタロトにとって、近接戦闘は一番苦手のはず。距離を取ってひたすら遠距離攻撃されていたら、ルカもただでは済まない。

　一人でも勝つ自信はあったが、少なくとも楽に勝てたのはコルネリアのおかげだ。

「ルカの役に立てたならよかった」

「今後とも頼むぞ、コルネリア」

「うん！」

　傷が治っていくと、コルネリアはどんどん元気になっていく。まだ完治していないのに、力強く拳を作って笑った。オーラがあるとはいえ、大概コルネリアもタフである。

「――あらら、まさかこんな簡単にアスタロト様が倒されるとは……」

「ッ！」

　急に、廊下の奥から影が現れる。影の発した声はやや低い。男のものだ。闇から、帽子を被《かぶ》った謎の男が歩いてくる。

　咄嗟《とっさ》にルカは、祈禱《きとう》を止めて立ち上がる。ムラマサの柄頭《つかがしら》に触れると、帽子を被《かぶ》った男は両手を上げて降参のポーズを取った。

「おっと！　こちらに戦う意思はありませんよ。イラリオ様が呼び出した、アスタロト様の反応が急に消えたから気になったんです。学生があの方を倒すなんて、非常に優秀ですねぇ」

「お前はいろいろ知ってるみたいだな。よかったら教えてくれないか？」

いきなり現れた謎の男に、ルカは憶《おぼ》えがある。

「（こいつ……ひょっとして悪魔崇拝者たちの長か？）」

男は、両手を上げたままくすりと笑って首を横に振った。

「残念ながら何も教えられることはありません。それとも、あなたも我々の仲間になりますか？　仲間になるのなら教えられますよ」

「悪くない提案だな」

「……ご冗談を」

さらりと答えたルカに、男は真面目な声色で返す。

「あなた様はこちらに寝返るタイプには見えません。そうでしょう？　ルカ・サルバトーレ様」

「俺を知ってるのか」

「もちろん。サルバトーレ公爵家の神童と言えば、有名ですからね」

「まあいい。お前を捕まえれば情報を吐かせられる。抵抗しなければ苦しまずに済むぞ」

「お断りします。私にはやらなくてはいけないことがある。また、次の機会にお会いしましょう。きっと、そう遠くない内に会えますよ」

それだけ言って帽子を被《かぶ》った謎の男は闇の中に消えた。

「ルカ、今の男は誰？」

「今回の騒動を企《たくら》んだ連中の親玉ってところだ」

「逃がしてよかったの？」

「悔しいが、今の俺じゃ勝てない。よくて相打ちだな」

「ルカより強い敵か……世界は広いね」

「これからもっと強くなればいい。それだけだ」

自分はまだ若い。肉体の全盛期もこれから。

ルカにとって時間とは味方だ。ゆえに、落胆も不安もそこには無い。

「私もルカの足を引っ張らないように頑張らないと」

「安心しろ。俺が一緒にいる。お前も強くしてやるよ」

「うん！」

嬉《うれ》しそうに頷《うなず》き、怪我《けが》が治ったことでコルネリアは立ち上がった。床に転がる死体はどうするか悩んだが、アスタロトの死体は徐々に炭となって消えた。変異したイラリオも同じだ。人としては死ねない。仲良く灰になっていく。

「あんまり話したことはなかったけど……最後まで悪くない生き様だったよ、兄さん」

ルカの言葉はイラリオに届くのか。
ほんのちょっぴり、空気がしんみりとする。

終章：神の変化

悪魔崇拝者と俺の兄イラリオ・サルバトーレが引き起こした騒動は、一応の終幕を迎えた。

学院内に侵入した悪魔崇拝者たちの大半は、俺とコルネリア、そして事態に気付いた教師たちの手によって倒された。生徒に被害はほとんど出ていない——こともないが、原初の悪魔が召喚されたにしては、被害が比較的少なかったと言える。

実際、俺が介入していなかったらもっと被害は大きくなっていた。不幸中の幸いだろう。

ちなみに原初の悪魔を呼び出したイラリオに関しては、賊に殺された、と教師に話した。あいつの名誉なんてどうでもいいが、騒動の犯人だとバレれば、サルバトーレ公爵家が割を食う。それを避けるために、コルネリアたちと口裏を合わせた。

さらに地下室の件。

幾つかアイテムが消えたらしいが、俺たちは何も知らない。エイデンも教師には報告しなかった。

ひょっとすると、主人公のくせにアイテムをせしめた可能性がある。まあ、それなりに頑張ってくれたし、当然の報酬か。

今回、初めてイベントを終えて、俺はそこそこの達成感を感じている。次のイベントも完璧にクリアし、さらに自分を高める。それしか頭にはない。

「ねぇねぇ、ルカ。地下室で手に入れたあの水晶、結局何だったの？」

午後の授業が終わり、放課後。人気のない訓練場の一角で、オーラを練り上げている俺にコルネリアが話しかけてきた。

「お前には説明していなかったか」

「私も知らないわよ」

そばにいたリリスが俺とコルネリアの会話に反応する。

「声を高らかに上げるほど凄《すご》いアイテムでもないからな」

ノルン姉さんから貰《もら》った収納のアーティファクトから、ソフトボールくらい大きな水晶玉を取り出す。

水晶玉は薄く発光した青色の球体。よく見ると、水晶の内側に白いモヤのようなものが渦巻いていた。

「名前は《虹色の水晶》。かつて精霊が住んでいた湖の底に沈んでた物だ」

「精霊？　精霊ってあの精霊？」

「リリスの言う精霊が、召喚術で呼び出せる奴《やつ》ならそれだな」

召喚術は他の能力に比べてやや特殊だ。裏切りの可能性がある呪詛《じゅそ》の悪魔召喚に似た性質を持つが、悪魔限定の呪詛《じゅそ》と違い、召喚術は精霊以外の生き物も呼び出せる。使えると便利だが、今の俺にはまだ早い。

「ふうん。じゃあ、ルカは召喚術を覚えようとしているのね」

「後々だけどな」

「すぐじゃないの？」

「今覚えてもあまり役には立たない。召喚術は、召喚主の力が弱いと契約を破棄される」

前世で有名だった国民的アニメと同じだ。呼び出した生き物のほうが強かったりすると、「お前を主として認めない！」とかなんとか言われてそっぽを向かれる。

まあ、そこまで短気な奴《やつ》は多くはないが、俺が呼び出したい精霊はなかなか性格面で厄介だ。召喚するならもっと強くなってからにしたい。

「とりあえず今は、これまで通りオーラと魔法を鍛える。祈禱《きとう》もボチボチ手を出さなくちゃな」

本当は呪詛《じゅそ》も覚えてみたいが、次のイベントまであまり時間も無い。やれることは限られている。

「はいはーい。じゃあ私もオーラと魔法を鍛えるね」

「そうだな。コルネリアは特にオーラを鍛えるのがいい。オーラ七、魔法三の割合にしろ」

「了解」

文句の一つも無くコルネリアは頷《うなず》く。

彼女は強化魔法の初歩は使えるようになった。急いで魔法を鍛える必要はない。それなら地力を伸ばすべきだろう。

リリスが見守る中、俺もコルネリアもオーラを練り上げて訓練を始めた。

まだまだやりたいことが多すぎる。

▼△▼

ある日の朝。

目を覚ましたリリスは、いまだ見慣れぬ部屋の中で上体を起こした。グッと背筋を伸ばし、ベッドから下りて窓際《まどぎわ》へ。

カーテンを横にスライドすると、薄暗かった室内に日差しが入って明るくなる。

季節はもう夏。ほどほどに暑くなってきた太陽を見上げながら、彼女はぽつりと囁《ささや》く。

「最初は、そこまで期待していなかったけど……気付けば十年、思いの外順調にここまで来たわね」

彼女はこれまでの足跡を振り返ってみる。

十年前、前世の記憶を持つ転生者のルカと出会い、復讐心《ふくしゅう》を風化させないために契約を交わした。

なんとなく、リリスはルカが何かやらかしてくれるんじゃないかと期待していた。それも、わずかな期待。裏切られてもいいように諸手《もろて》を挙げて喜んだりはしていなかった。

だが、ルカはリリスの予想を超えて急速に成長している。かつての自分と比べればまだまだ弱いが、このペースで進化し続ければあるいは……と思えるくらいには、将来性が見える。

「前は戦いに明け暮れていたから知らなかったわ。人間たちの社会がこんなに面白いなんて」

リリスの心に変化を起こしたのは、ルカだけじゃない。人間たちが作り上げた文化、技術そのものでもある。

数百年という時間をサルバトーレ公爵家の薄暗い隠し部屋で過ごした彼女にとって、ルカと共に飛び出した世界はあまりにも広かった。

かつては東方でただ暴れるだけの人生を送り、遠方の帝国まで移動しても周りを楽しむ余裕がないほど追い詰められていた。

改めて冷静に、落ち着いて世界を見渡すと、自分の行いが酷《ひど》くちんけなものに思えてくる。

「まさか私が退屈を嫌い、今の生活を楽しむようになるとはね……なんだか、まるで人間みたい」

荒神たちに奪われた力。ルカに渡した力。それらが消え、今のリリスは単なる人間と言っても過言ではない。

だからか、余計に最近はいろいろ考えてしまう。

サルバトーレ公爵家というリリスが知る数少ない世界から出た途端、世界は色合いを強めた。

「ふふ。今日のルカは何を見せてくれるかしら」

ベッドから離れ、素早く服を着替え、部屋を出た。まだ授業が始まるまで時間はあるが、暇潰しがてらルカの下へ行くことにする。

男子寮は女子生徒禁制。立ち入ることはできないが、こっそり忍び込むくらいはリリスでも簡単だ。

今日も、人の気配を探りながら男子寮の窓を開けて侵入する。すっかり歩き慣れた廊下を通り、ルカの部屋へ続くルートを最短で駆け抜け——、

「ルカ！　来てあげたわ！」

扉をノックすることもなく開ける。寮の扉に鍵という概念はない。

「リリス……せめてノックくらいはしろといつも言ってるだろ」

部屋の主ことルカ・サルバトーレは、すでに起床し制服に着替えていた。しかし、ベッドに座って一枚の手紙を読んでいる。その状態で額に手を当て、ため息を零《こぼ》す。

「そんなことよりルカ、その手紙は？」

「そんなことってお前な……これはモルガン公爵家から届いた手紙だ。厳密には、在学生の一

人が俺に出した」

「モルガン？　在学生？」

「ああ。在学中のモルガンと言えばあいつしかいない。五年前、俺と初めて顔を合わせた女――ルシア・モルガンだよ」

「へぇ。あの時の女ね」

なんとなく、リリスは予感がした。悪魔崇拝者なる異常者たちによる襲撃が終わった直後にもかかわらず、また、面白いことが始まりそうな予感が。

にやりと笑って彼女はルカの隣に腰を下ろす。

「私にも見せて。なんだかワクワクするわ」

「ワクワクしねぇよ」

怪訝《けげん》な顔でリリスを見るルカ。それでも彼はリリスを遠ざけたり提案を拒否したりはしなかった。むしろ手紙をリリスのほうへ近付ける。

彼女は手紙に記された文字を読んでいき……。

「お茶会？」

素っ頓狂な声を発した。

了

あとがき

この度は、『最強の悪役が往く～実力至上主義の一族に転生した俺は、世界最強の剣士へと至る～』をご購入いただき、まことにありがとうございます。

本作は、去年の12月頃に、Ｗｅｂ小説投稿サイト「カクヨム」に投稿した悪役転生ものです。ちょうど1年前になりますね。

当時はカクヨムでかなり大きなコンテストをやっていました。それに参加するべく、書籍作業を急いで終わらせて出したのが本作です。

カクヨム内のランキングでも悪役転生ものは多くみられます。この本が出ている今年の12月頃は分かりませんが、少なくとも1年前は、それはもう凄《すご》い勢いで新作が投稿されてました。

私もその流れに乗った形ですね。

とはいえ、カクヨムのコンテストに合わせて悪役転生ものを持ってきたわけではなく、私はただ単純に、悪役転生ものがウケるから書こう！　と、12月の前から何作もの悪役転生ものを書いてきました。

おかげでほとんど全ての作品が、カクヨムのランキング内で高順位を記録し、本作の他にも書籍化した作品があります。

ただ、この作品は一応、コンテストに応募していました。コンテスト内なら1位にも手が届き、あわよくば書籍化するのでは⁉　と思っていたところ、コンテストのほうは落ちましたが、幸いにも電撃文庫様が見つけてくださり、こうしてお話を受けた次第です。

最初は驚きました。電撃文庫といえば、無知な私が唯一知ってるレーベル様で、ライトノベル界隈《かいわい》？　ではかなり有名なところです。思わず「冗談か？」と考えたくらいには。

でも冗談ではありません。こうして本が出ました！

ちなみに、他の書籍と同じことですが、本作もＷｅｂ版とは内容や設定が大きく異なります。きっと、Ｗｅｂ版を読んだ方でも楽しめる内容になっていたかと。

大きな変更点は、やはり序盤から出てくる「マテリア」の存在でしょうか。

Ｗｅｂ版には無いこの特別な力は、書籍化する際に何か主人公のルカを目立たせられないだろうか？　と悩んだ末に思い浮かんだものです。主人公だけの力……グッときますよね！

まあ、最初に本文を編集者様に渡した時は、まだマテリアが無く、急遽《きゅうきょ》追加したので書き直すのが大変だったんですが……。

それでもマテリアが増えて物語がより面白く、ルカがよりカッコよくなりました。

他にも、ヒロインの一人、帝国の皇女ことコルネリアの性格も変わっていますね。Ｗｅｂ版だと殴られて喜ぶ性癖はないです。書籍化に伴い、個性を加えてみました！　彼女もＷｅｂ版よりヒロインらしい？　キャラクターになったかと。個人的には、とても気に入ってます。

それで言うと、出番はもの凄《すご》く少ないですが、ルシアという公爵令嬢も性格が若干変わりました。Ｗｅｂ版だと確かツンデレだったと記憶してますが、それは別のヒロインにあげちゃって……ええ、リリスです。彼女と被《かぶ》るから変えました。

そんな理由もあり、ヒロインたちはそれぞれが我の強い個性を持ち、唯我独尊を突き進もうとするルカに力を貸します。

そのルカは、個人的にかなり悪役っぽいキャラクターになったかな、と。

Ｗｅｂ版ではまだ常識をある程度持ち合わせた男の子ですが、書籍版では八歳の頃にはすでに、悪役一族サルバトーレ公爵家に染まっていましたね。

終盤、原初の悪魔アスタロトと戦う際も、平然とヒロインのコルネリアを肉壁にしました。本人にはまったく悪気はありません。

あれはあくまで、安全に、より効率よくアスタロトに勝つための手段。純粋にコルネリアが盾になれば勝ちやすいな、としか思っていないんです。

我ながらルカの性格は極悪ですが、たまには悪役らしい悪役転生ものがあってもいいんじゃないかな？　と。

悪役転生といえば、たいていは善人になって破滅エンドを回避しようとしますが、ルカの場合は、「自分が最強になって破滅エンドをへし折ればいいじゃん！　主人公を倒せるくらい強くなれば問題なし！」という脳筋です。

それでいて、前世の記憶を持っているから質《たち》が悪い。原作主人公のエイデンくんも、きっと今後、便利に使われていくんでしょうね……。

読者の皆様、どうかルカの成長とヒロインたちの奇行？　さらにはエイデンくんを見守ってください。

最後に、本作を拾い上げてくださった電撃文庫様、大変お世話になった編集者様、素敵なイラストを描いてくださったGenyaky様、何より、本作を手に取ってくれた読者の皆様に、最大限の感謝を！

また2巻でお会いできることを祈っています。

二〇二四年一〇月　反面教師《はんめんきょうし》

◉反面教師著作リスト

「最強の悪役が往く
～実力至上主義の一族に転生した俺は、世界最強の剣士へと至る～」（電撃文庫）

本書に対するご意見、ご感想をお寄せください。

ファンレターあて先
〒102-8177　東京都千代田区富士見2-13-3
電撃文庫編集部
「反面教師先生」係
「Genyaky先生」係

本書は、カクヨムに掲載された『最強の悪役が往く～実力至上主義の一族に転生した俺は、世界最強の剣士へと至る～』を加筆、修正したものです。

電撃文庫

最強《さいきょう》の悪役《あくやく》が往《い》く
～実力至上主義《じつりょくしじょうしゅぎ》の一族《いちぞく》に転生《てんせい》した俺《おれ》は、世界最強《せかいさいきょう》の剣士《けんし》へと至《いた》る～

反面教師《はんめんきょうし》

2024年12月10日　初版発行

発行者　山下直久
発行　株式会社KADOKAWA
〒102-8177　東京都千代田区富士見2-13-3
0570-002-301（ナビダイヤル）
装丁者　荻窪裕司（META＋MANIERA）
印刷　株式会社暁印刷
製本　株式会社暁印刷

●お問い合わせ
https://www.kadokawa.co.jp/（「お問い合わせ」へお進みください）
※内容によっては、お答えできない場合があります。
※サポートは日本国内のみとさせていただきます。
※ Japanese text only

※定価はカバーに表示してあります。

ISBN978-4-04-916098-7　C0193　Printed in Japan

電撃文庫　https://dengekibunko.jp/

電撃文庫DIGEST　12月の新刊

発売日2024年12月10日

春夏秋冬代行者
黄昏の射手

著／暁 佳奈　イラスト／スオウ

黎明二十一年五月、「黄昏の射手」巫覡輝矢は囚われていた。春夏秋冬の代行者達と同様に神に力を与えられ従者に守られている彼が、なぜ見知らぬ地に？『ヴァイオレット・エヴァーガーデン』著者が贈る現人神の物語。

続・魔法科高校の劣等生
メイジアン・カンパニー⑨

著／佐島 勤　イラスト／石田可奈

達也はサンフランシスコ暴動を引き起こした魔法ギャラルホルンの対抗魔法の開発を急いでいた。一方、日本の政界の黒幕でも動きが。元老院四大老の一人、穂州美明日葉が、四葉家への粛清計画を進めており……。

とある魔術の禁書目録《インデックス》 外典書庫③

著／鎌池和馬　イラスト／はいむらきよたか

鎌池和馬デビュー20周年を記念して、超貴重な特典小説を電撃文庫化。第3弾では魔術サイドにスポットを当て『アニェーゼの魔術サイドお仕事体験編』『バイオハッカー編』を収録！

男女の友情は成立する？（いや、しないっ!!） Flag 10.
貴様ごときに友人面されるようになってはお終いだな？

著／七菜なな　イラスト／Parum

３年生に進級した悠宇たち。それぞれの道を歩み始めた三人をよそに、まだ過去に縛られた男が一人いて……。とある後輩を中心とした因縁と、それにより生まれた確執が悠宇と慎司の対立を引き起こしてしまい——。

他校の氷姫を助けたら、お友達から始める事になりました2

著／皐月陽龍　イラスト／みすみ

苦難を乗り越え、親公認の恋人同士となった【氷姫】・凪と蒼太。完全に蒼太の前では溶け切ってしまった凪のあまりにまっすぐな愛情表現に悶絶する彼だったが、同じく蒼太を溺愛する両親が家に来ることになり!?

声優ラジオのウラオモテ
#12 夕陽とやすみは夢を見たい？

著／二月 公　イラスト／さばみぞれ

「獲りに行くぞ、由美子の夢を」声優として経験を積んだ由美子は、遂にプリティアのオーディションへ挑む。強力なライバルも参戦する中、その結末は予想外の方向に!?　「あなたの夢を——我々に、ください」

男女比1:5の世界でも普通に生きられると思った？③
～激重感情な彼女たちが無自覚男子に翻弄されたら～

著／三藤孝太郎　イラスト／jimmy

アフターに誘うべく迫る星良や、夏祭りデートに誘う由佳。海でのお泊りで自慢の水着を見せる恋海に、新たな癖に目覚める汐里!?　運命の人の正体を探すみずほにも、急展開が——。無自覚ラブコメ第③巻！

君の先生でもヒロインになれますか？3

著／羽場楽人　イラスト／塩こうじ

俺・錦悠凪は、お隣さんで美人な先生・天条レイユと想いを確かめ合った。そんな俺はクラスメイトの久宝院旭の彼氏役をやることになり……えっ彼氏役!?　怒涛の文化祭シーズンへ突入する先生ラブコメ第三弾！

新作
エルフの渡辺

著／和ヶ原聡司　イラスト／はねこと

悩める男子・大木行人には悩みがある。それは、大好きだった渡辺さんの姿が"エルフ"に見えるようになってしまったこと!?

新作
銀河放浪ふたり旅
ep.1 宇宙監獄の元囚人と看守、滅亡した地球を離れ星の彼方を目指します

著／榮織タスク　イラスト／黒井ススム

宇宙に追放されたカイトが、機械知性の刑務官エモーションから告げられたのは地球滅亡のお知らせ。吹っ切れたカイトは勢いで人類最後の宇宙旅行に向かうが、遭遇した外宇宙文明から地球代表として認められて？

新作
最強の悪役が往く
～実力至上主義の一族に転生した俺は、世界最強の剣士へと至る～

著／反面教師　イラスト／Genyaky

ゲームに登場する悪役公爵家のルカ・サルバトーレに転生した俺は、異世界を生き残るために最強無比の悪役になることを決意する。ヒロインもラスボスも強くなるための糧にすぎない。力で俺以外の全てを蹂躙してやる！

新作
営業課の美人同期とご飯を食べるだけの日常

著／七転　イラスト／どうしま

『昼一緒に食べられそうだけど、どう？』社内でも美人と評判の秋津ひより。彼女とは元同級生の俺だったが、ひょんなことからいつも一緒にご飯を食べる親密な仲になり……？　同期社員二人の、小さな恋の物語。

【画集】

新作
はいむらきよたか画集4　REBIRTH

著／はいむらきよたか

『とある魔術の禁書目録』イラストレーター・はいむらきよたかが描く、艶美なる世界。総イラスト250点以上、オールカラーの豪華仕様で表現される、衝撃の再誕に歓喜せよ。

私が望んでいることはただ一つ、『楽しさ』だ。
魔女に首輪は付けられない
Can't be put collars on witches.
著 夢見夕利 Illus. 緜
第30回
電撃小説大賞
大賞
応募総数4,467作品の頂点!
魅力的な〈相棒《魔女》〉に
翻弄されるファンタジーアクション!
〈魔術〉が悪用されるようになった皇国で、
それに立ち向かうべく組織された〈魔術犯罪捜査局〉。
捜査官ローグは上司の命により、厄災を生み出す〈魔女〉の
ミゼリアとともに魔術の捜査をすることになり——?
電撃文庫

Story
木の芽

Illustration
へりがる

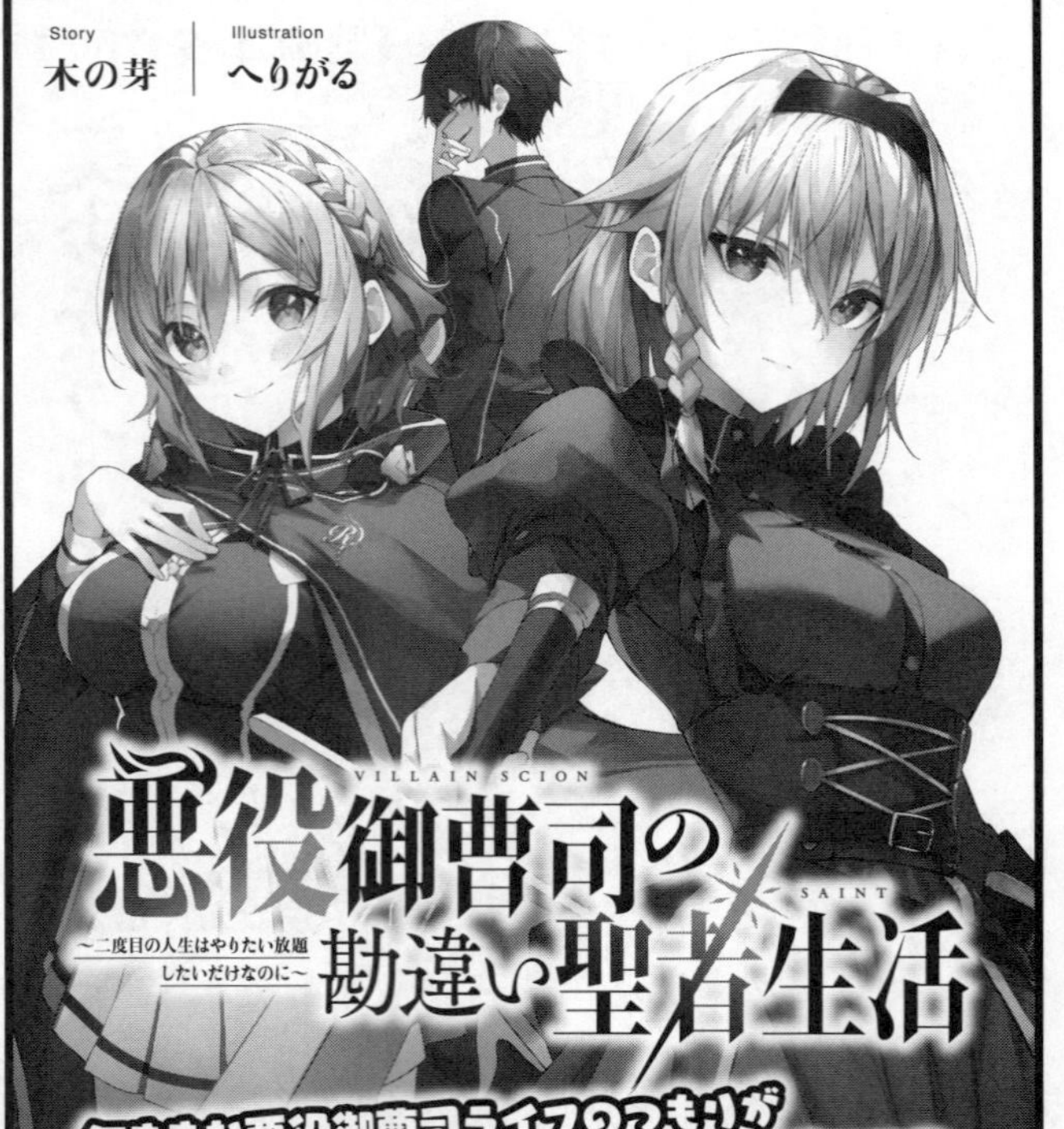

［ あらすじ ］
悪役領主の息子に転生したオウガは人がいいせいで前世て損した分、やりたい放題の悪役御曹司ライフを満喫することに決める。しかし、彼の傍若無人な振る舞いが周りから勝手に勘違いされ続け、人望を集めてしまい？

電撃文庫

凡人《ぼんじん》転生《てんせい》の
シクラメン
イラスト：夕薙
努力《どりょく》無双《むそう》
～赤ちゃんの頃から努力してたらいつのまにか日本の未来を背負ってました～
しまった……努力しすぎた……。
An Epic of a Mediocrity Reincarnated and Striving.
カクヨム年間総合ランキング第1位
凡人なのに最強になっちゃいました!?
1巻発売即重版！
電撃文庫

[STATUS]
電撃文庫が贈る、
新たなVRMMOデスゲーム！
CHECK
エンジョイ勢
山本さん、
運営の思惑を
かき乱す！
デスゲームに巻き込まれた山本さん
気ままにゲームバランスを崩壊させる
YAMAMOTO san is Breaking Balance of Death Game
ぽち [AUTHOR] POCHI
Illustration 久賀フーナ
COMMENTER
『刃牙』シリーズ
範馬刃牙
[著]板垣恵介
『ソードアート・オンライン』
キリト
[著]川原 礫／[イラスト]abec
『デュラララ！！』
セルティ
[著]成田良悟／[イラスト]ヤスダスズヒト
超強力な3人が推薦ッッ!!!
電撃文庫

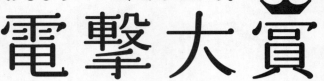